AF393131

LILI

L'ESPRIT LIBRE

MAGALI PIZZINAT

LILI
L'ESPRIT LIBRE

LE RECIT D'UNE VIE

Édition : BoD · Books on Demand,
31 avenue Saint-Rémy, 57600 Forbach,
bod@bod.fr
Impression : Libri Plureos GmbH,
Friedensallee 273, 22763 Hambourg (Allemagne)

La vie doit-être vécue en regardant vers l'avenir, mais elle ne peut-être comprise qu'en se retournant vers le passé.

Søren Kierkegaard.

Celui qui ne sait pas d'où il vient ne peut savoir où il va car il ne sait pas où il est.

En ce sens, le passé est la rampe de lancement vers l'avenir.

Otto Von Bismarck.

Quand je regarde vers l'avenir, il est si brillant qu'il me brûle les yeux.

Oprah Winfrey.

Le présent n'est pas un passé en puissance, il est le moment du choix et de l'action.

Simone de Beauvoir.

Quoi qu'elle fasse la femme doit le faire deux fois mieux que l'homme pour qu'on en pense autant de bien.

Heureusement ce n'est pas difficile.

Charlotte Whitton.

Tant qu'une seule femme sur la planète subira les effets du sexisme. La lutte des femmes sera légitime, et le féminisme nécessaire.

Isabelle Alonso.

À ma fille, Marion,

ne regrette rien du passé.

L'avenir est fait d'amour.

Je t'aime très fort. Maman.

PROLOGUE

Dans une vie, certains êtres comptent plus que d'autres, et souvent, ils sont plus proches qu'on ne le croit. À sa naissance, on ne choisit malheureusement pas sa famille. Pour certains, la vie est facile, épanouissante, remplie de bien-être au quotidien, et entourée de personnes aimées. Pour d'autres, c'est plus compliqué. On coupe parfois les ponts pour se protéger, afin de survivre et de commencer à vivre réellement. Il ne tient qu'à nous de prendre les bonnes décisions : l'avenir est souvent entre nos mains.

Moi, si j'avais eu la possibilité, à cet instant, de lire mon avenir dans les lignes de ma main, aurais-je vu quelque chose? ….Peut-être?

Subir ou décider, tel est le dilemme cornélien de chacun. Certains choisissent de suivre la même voie que leurs parents, tout en facilité, laissant s'imposer un avenir tout tracé ; d'autres déploient toute leur énergie pour atteindre leurs objectifs et prendre leur avenir à bras-le-corps.

J'ai eu la chance de m'épanouir dans un milieu sain, aimant, et compréhensif. Tout était réuni pour me faciliter le parcours que je m'étais choisi. Mes parents, tout d'abord, étaient des personnes adorables, qui m'ont donné des bases solides, comme l'amour, la bienveillance, la confiance en moi, et toutes ces petites choses du quotidien qui ont contribué à faire de moi la personne que je suis aujourd'hui.

L'héritage familial est souvent lourd à porter, chargé de bons et mauvais souvenirs, de blessures ouvertes ou cachées, rendant la transmission parfois douloureuse. Il incombe aux parents de ne pas répéter les erreurs qu'ils ont vécues. Les miens avaient fait de leur mieux avec leurs propres histoires et les moyens dont ils disposaient. Mes frères, malgré la différence d'âge, m'ont toujours entourée de leur amour et de leur soutien inconditionnel. Ils faisaient tout pour moi, quitte à s'oublier. J'étais devenue leur petite protégée, leur princesse. Ils m'avaient vu grandir, et j'avais partagé avec eux les moments les plus marquants de ma vie. Ma famille était un trésor précieux, unique, un tapis douillet sur lequel je pouvais me reposer chaque fois que j'en ressentais le besoin.

Puis il y a ces personnes que l'on rencontre un jour sur son chemin et qui, à elles seules, chamboulent le cours de votre vie. C'est pourquoi Mme Garnier restera à jamais dans mes pensées et dans mon cœur. Grâce à son enseignement, j'avais appris à maîtriser mes émotions, à croire en mon courage et à saisir des opportunités. Elle avait cru en mon potentiel et ne m'avait jamais lâché la main. Grâce à elle, j'avais puisé la force d'ouvrir les bonnes portes et d'en apprécier les bienfaits. Cette mission était devenue un combat quotidien.

Jo, mon âme sœur, ma «siamoise», rendait tout plus simple. Avec elle, partageant sourires et larmes, je retrouvais toujours du réconfort. Notre amitié indéfectible, sincère était une évidence, et je lui suis profondément reconnaissante d'avoir éclairé ma vie. Merci d'être ma meilleure amie et d'être toujours là pour moi.

À notre amitié qui illumine ma vie.

Mme Oury, quant à elle, a cru en moi même lorsque je doutais de moi-même. Elle m'a donné ma chance et a vu en moi une future danseuse étoile.

Mr Hush, grâce à son investissement inégalable, m'a propulsée sur le devant de la scène et m'a permis d'atteindre les plus hauts niveaux.

Mr Henry, si bienveillante et toujours à l'écoute, a su mettre des paillettes dans ma vie.

Marc, Juliana, qui sont devenus mes piliers, ma famille, mon avenir heureux.

Et puis il y a moi, bien sûr. Sans ma détermination, cette force héritée du passé, je n'aurais rien accompli et je regretterais de ne pas avoir entrepris de réaliser mon rêve.

L'avenir appartient à ceux qui osent rêver.

Je m'appelle Liliane Roche, Lili. Le récit qui va suivre est l'histoire de ma vie : mes peurs, mes joies, mes blessures. Un chemin qui nous ramène toujours là où tout a commencé.

«Croyez en vos rêves, ils se réaliseront peut-être.

Croyez en vous, et ils se réaliseront sûrement.»

Martin Luther King

CHAPITRE 1

La où tout a commencé...

Entre histoire et géographie.

Vallon-Pont-d'Arc est une petite commune située dans le département de l'Ardèche, haut-lieu de la préhistoire et du tourisme culturel. Quelques années avant ma naissance, la ville s'appelait encore Vallon, francisation de l'occitan Valon, issu du mot gaulois Avallon signifiant pomme. Ce n'est que le 24 septembre 1945 que Vallon devient notre actuel Vallon-Pont-d'Arc mettant en valeur le pont d'Arc comme un monument naturel.

Hormis son riche patrimoine architectural, Vallon-Pont-d'Arc est un charmant village traversé par de nombreuses petites ruelles pavées de galets qui font tout son charme. Au centre, on trouve un château, devenu la mairie actuelle, où trônent de magnifiques tapisseries d'Aubusson retraçant la période des croisades.

Ce village, paisible en hiver, voit sa population se multiplier par dix l'été, grâce notamment à la descente de l'Ardèche, au célèbre Pont d'Arc, arche naturelle de plus de soixante mètres de hauteur, et à la grotte Chauvet, inscrite au patrimoine mondial de l'UNESCO.

Pendant la seconde guerre mondiale, le département de l'Ardèche, grâce à ses zones peu peuplées et difficiles d'accès, fut un territoire propice à la résistance. Durant l'été 1944, Vallon devint un point stratégique pour rejoindre le nord Rhodanien, ce qui expliquait la présence de troupes allemandes dans le canton. C'est à ce même moment que la population jusque-là épargnée, fût touchée par le massacre du hameau des Grottes, dans la commune de Labastide de Virac, qui fit 15 victimes hommes, femmes et enfants confondus. Ce massacre était une riposte aux actions des maquisards du maquis de Birhakeim. Les 17 et 18 Août 1944, Vallon fut mitraillé et bombardé par l'aviation allemande. Un détachement d'environ 3000 soldats allemands occupa Vallon et ses environs, entraînant pillages, viols et exécutions sommaires de civils. Ce n'est que le 30 Août 44 que Vallon sera définitivement libérée. À la fin de la guerre, malgré les esprits marqués par toute cette violence, la vie reprit son cours tranquille, chacun faisant face aux difficultés de la reconstruction, tant matérielle, physique que psychologique. Les stigmates épouvantables de la guerre et les histoires héritées eurent de graves répercussions, et certains furent plus marqués que d'autres, notamment mon père, dont les souvenirs de la Première Guerre resurgissaient et hantaient ses pensées. C'est dans ce contexte que je suis née quelques années plus tard.

La maison de mon enfance était une vieille bastide assez imposante, entourée de vastes champs fertiles. Elle se situait à un kilomètre à l'orée du village de Vallon. Construite en pierres noires de basalte, elle dégageait un côté à la fois lugubre et robuste, mais rassurant, rappelant un petit côté château fort. Sa forme rectangulaire était typique des maisons de la campagne ardéchoise. L'entrée principale se faisait par un unique portail large et imposant en bois de chêne. En franchissant ce porche, on tombait sur un lavoir, lieu détesté par ma mère, qui y avait passé le plus clair de son temps avant l'arrivée de la fameuse machine à laver. Au-delà du porche, on accédait à une magnifique cour intérieure, qui créait une atmosphère paisible et reposante. Le rez-de-chaussée était dédié aux animaux de la ferme et à l'outillage agricole. Pour accéder à l'étage réservé à la famille, il fallait emprunter un escalier en pierre de calcaire menant à une vaste terrasse couverte, abritant une splendide glycine grimpant sur la pergola de bois. Cet espace était aménagé très simplement, l'aile gauche accueillait la pièce à vivre, l'aile droite les chambres. Ce n'était pas le grand luxe, mais on ne manquait de rien. La maison appartenait à la famille depuis des générations, et chacun y avait apporté sa touche de modernité. Mon père, pour sa part, avait aménagé un coin toilette rudimentaire mais fonctionnel, avec un simple lavabo utilisant l'eau puisée dans notre source et un miroir accroché au mur peint à la chaux. La pièce que je préférais, c'était cette grande cuisine où l'on aimait se retrouver en famille, et où l'on profitait les mois d'hiver, de la chaleur du feu de cheminée appelé cantou. Au fond de cette pièce se trouvait une grande cave pavée, la crota où l'on conservait les denrées issues de la production autarcique. Les souvenirs des odeurs qui se dégageaient des grosses marmites de cuivre que ma mère surveillait sans relâche, de peur de brûler le repas, me chatouillent encore les narines. Dans les chambres, on ne restait que le temps de dormir. Les matelas étaient faits de fanes de maïs, les draps de lin raide et les édredons de duvet d'oie. Les matins d'hiver, au réveil, j'adorais observer les magnifiques dessins laissés par le gel sur les vitres, semblables à des étoiles de neige.

Le soir, avant de se coucher, on récupérait les pierres de céramique chaude dans l'âtre de la cheminée pour les glisser au fond du lit et capter un peu de chaleur. À cette époque les quatre saisons étaient bien distinctes, et celle que je préférais était le printemps. Celle où la nature se réveillait, où les oiseaux chantaient, où l'on courait pieds nus dans les champs en poursuivant les papillons, où les jours plus longs nous permettaient de rester dehors jusqu'à la nuit tombée. C'était la saison où tout reprenait vie, avec cette douce odeur délicate que dégageaient les jonquilles, les narcisses et les violettes, que je cueillais pour en faire un bouquet que ma mère plaçait dans un vase sur la table de la cuisine. Sur le chemin de l'école, j'admirais sans m'en lasser les alignements d'arbres couverts de magnifiques fleurs, qui annonçaient une récolte de fruits abondante. L'été venu, j'admirais les éphémères coquelicots qui pointaient le bout de leurs pétales dans les champs de luzerne. J'aimais cet endroit parce qu'il était rassurant, accueillant, apaisant, et parce que c'était simplement chez moi.

Cette maison, c'était la mémoire de ma famille, là où nos ancêtres avaient commencé à écrire leur histoire, notre histoire, mon histoire.

C'est dans ce lieu que je me suis imprégnée de leur passé. Cette maison allait devenir mon refuge.

1. La vie est un défi.

Mon père Roland, agriculteur de père en fils depuis des générations, essayait tant bien que mal de subvenir aux besoins de sa famille au prix d'un travail acharné. Les terres fertiles délivraient de magnifiques légumes, et les bêtes (vaches, chèvres, moutons, lapins) étaient chouchoutées jusqu'au jour où elles nous étaient servies dans nos assiettes. Mon père était un homme bourru, mais sous son air renfrogné, il cachait une immense et profonde tendresse, une timidité maladive. Au printemps, sur la terrasse, il aimait se détendre sur son rocking-chair usé en écoutant du jazz. Une vieille tante lui avait légué en héritage un gramophone et quelques disques 78 tours de standards de jazz américains de l'époque.

Roland était né en 1905. Fils unique, destiné malgré lui à reprendre le flambeau de la ferme, il ne se rebella jamais pour faire autre chose de sa vie. De sa petite enfance, il ne se rappelait que d'avoir été souvent malade. La variole, qui lui laissa quelques cicatrices, la diphtérie, le tétanos. C'était un enfant chétif mais volontaire, qui ne rechignait pas aux travaux agricoles.

Lorsque la Première Guerre mondiale éclata, son père fut mobilisé. Si, ce jour là, des larmes s'échappèrent des ses yeux bleus perçants, il ne fut pas question de laisser transparaître son mal-être. Il fallait être fort pour sa mère, cette mère qui, jusqu'à présent, l'avait tant protégé. À neuf ans, il se retrouva chef de famille et soutint sa mère du mieux qu'il le put. Durant cette période, tout deux établirent une relation fusionnelle, ne laissant rien ni personne interférer de l'extérieur. C'était leur manière de se préserver, de survivre. Plongés dans cette situation, un sentiment d'amour naturel et incomparable s'installa entre eux.

En 1918, son père revint salement amoché de la guerre. Il avait perdu une jambe et, surtout, toute envie de se battre et de vivre. Il était là sans vraiment être là, comme un objet posé sur un meuble que l'on oublie de dépoussiérer. Ce jour-là, Roland s'était rendu compte que la guerre lui avait pris l'âme de son père. Il ne restait de lui que cette enveloppe de chair inerte, vide de sentiments. Son sourire n'était plus qu'un vague souvenir lointain. Même sa voix avait changé d'intonation. Son modèle masculin venait de disparaître. Il ne lui restait plus qu'à supporter, sans protester, et se résigner au quotidien d'avoir perdu son père dans cette sale guerre.

Et puis, finalement, devenir un homme n'était-il pas simplement apprendre à être soi-même, en toutes circonstances ? À l'orée de ses treize ans, Roland était devenu l'homme de la maison. Il allait apprendre à ne plus avoir besoin de personne, sauf de sa mère, à ne rien demander, à se débrouiller tout seul. Il allait apprendre à être fort malgré lui. Il portait sur ses épaules solides le poids du seul revenu de la famille. Heureusement pour lui, le peu de temps qu'il avait passé à l'école lui avait suffi à apprendre à lire et à écrire, les bases essentielles pour être un minimum instruit et autonome. Sa vie était déjà un défi, une charge mentale, dans l'espoir que son père soit fier de lui. Mais ce père, durant ses quatre années de guerre, avait perdu toute empathie et toute joie de vivre. De temps en temps, Roland décelait une lueur d'espoir au fond de son regard vide et se disait que c'était peut-être sa façon à lui de lui dire : « je t'aime». Il rêvait parfois qu'il le prenne dans ses bras, qu'il prenne simplement soin de lui. Des gestes simples mais évocateurs dans son esprit. Jamais son père n'avait évoqué ce qu'il avait vécu pendant la guerre, et jamais, au grand jamais, Roland ne lui posa la moindre question, par peur d'aggraver sa tristesse et de raviver ses souvenirs douloureux. Personne ne pouvait imaginer sa douleur; et ce n'était pas faute d'avoir essayé de le faire.

Les années défilèrent comme des nuages portés à vive allure par un mistral fort, au gré des saisons.

À dix-huit ans, Roland était devenu un beau et fort jeune homme, sortant très peu. Sa seule distraction était le samedi, lorsqu'il allait boire un coup chez Gaston, le bar situé au centre du village, pour discuter avec les quelques jeunes de son âge et en profiter pour faire quelques courses à l'épicerie chez Fernande. Les autres jours étaient rythmés par les travaux de la ferme. Pas de temps pour la futilité. Puis, il y eu ce fameux 14 juillet 1926 où il ne vit qu'elle, comme une lumière qui le guidait, comme un aimant qui l'attirait. Son cœur battait la chamade. Cette fille avait ce quelque chose en plus que les autres filles n'avaient pas. Elle dansait d'un pas allégé ; ses mouvements filaient comme une flamme au-dessus d'un feu. Elle riait aux éclats ; elle était comme un ange qui illuminait cette soirée étoilée. Le regard de Roland était comme hypnotisé, hagard, fixé par cette sensualité. Il sentait son esprit se brouiller. Jamais il n'aurait cru pouvoir ressentir un tel sentiment envers quelqu'un.

Était-ce cela, avoir un coup de foudre ?

Il n'en savait rien. Sa pâleur, sa chevelure blonde, sa fine silhouette, son sourire si communicatif, cette beauté pure firent d'elle son unique attraction de la soirée. Le plus dur restait à faire, **savoir comment l'aborder**. Il fallait laisser le destin opérer, mais ne pas la laisser s'échapper. Il savait, au plus profond de ses tripes, qu'elle serait sa revanche sur la vie, que les moments difficiles vécus durant son adolescence allaient disparaître comme par magie, que sa seule présence à ses côtés allait panser ses plaies, que son passé douloureux allait faire place à un avenir radieux, qu'il était sur le chemin du bonheur. Et finalement, il se disait que quoi qu'il arrive dans sa vie, même s'il perdait tout, il y aurait toujours une lueur d'espoir, et que cette belle rencontre allait changer le cours de sa vie à jamais.

Ma mère Marguerite.

2. Comme une fleur.

Ma mère Marguerite était une mère aimante et aimée. À cette époque, en milieu rural, les femmes travaillaient aussi dur que les hommes. Elles trouvaient en elles la force de combiner le travail aux champs, le travail domestique et la famille. Une sorte de mère au foyer mais pas seulement. Ma mère n'échappait pas à la règle. Chaque jour, elle épaulait son mari de mieux qu'elle le pouvait.

Mon père avait cette délicatesse de ne pas considérer ma mère comme une bonne à tout faire au service de son mari et de ses enfants. Il la voyait comme son égale, et c'est pour cette raison qu'ils s'aimaient profondément. Elle élevait avec tendresse ses trois enfants, et n'aspirait qu'au bonheur de sa famille. Elle essayait de faire de chaque jour une fête. Les repas étaient toujours des moments conviviaux. Chacun avait son moment de parole. On s'exprimait librement, dans la bienveillance et la bonne humeur. Mon père n'avait pas ce rôle de patriarche dominant. Il laissait à ma mère une grande place dans le fonctionnement du foyer. Pendant son temps de libre, les après-midi de forte chaleur d'été, elle aimait particulièrement s'assoir à l'ombre du tilleul qui trônait dans la cour. Elle brodait toutes sortes de choses, nappes, napperons, dessus de lit, qu'elle vendait ensuite, le dimanche après la messe, sur le marché de Vallon-Pont-d'Arc, afin d'arrondir les fins de mois.

Notre seule distraction hebdomadaire était la messe. On se débarbouillait plus que d'habitude, on revêtait nos plus beaux habits, on s'endimanchait de toutes les couleurs pour cette occasion. Une fois habillée, je m'asseyais bien droite, le cœur battant d'impatience, en attendant que maman me lisse les cheveux avec sa magnifique brosse dorée. Je sentais les poils chauds glisser lentement sur mon cuir chevelu, et sa main, toujours délicate, ramenait quelques mèches rebelles derrière mes oreilles. Elle prenait tout son temps, comme si elle voulait prolonger ce moment précieux jusqu'à ce qu'il devienne inoubliable. Un moment de pure magie où plus rien ne comptait. Cet instant précis où aucune parole ne pouvait remplacer l'amour qu'il y avait entre nous. Simplement une mère et sa fille qui s'aimaient tendrement. Elle voyait bien le temps défiler. Elle redoutait le jour où je prendrais mon envol, mais elle profitait de ces instants et les choyait comme si c'étaient les derniers. Lorsque tout le monde était enfarblé, nous empruntions le chemin de l'église, clopin-clopant, main dans la main, en fredonnant des chansons inventées sur le moment, ce qui faisait bien rire tout le monde. L'image d'une famille unie, envers et contre tout.

Marguerite était, elle aussi, née 1905. Elle était très belle, non pas d'une beauté plastique comme celles que l'on voyait dans les revues de mode de l'époque, mais d'une beauté simple et naturelle qui s'impose sans effort et qui éclaire un visage avant même qu'on en détaille les traits. L'été, elle portait un large chapeau de paille pour protéger son visage du soleil cuisant, afin de ne pas abîmer sa peau d'un blanc laiteux. Elle remontait avec délicatesse ses cheveux blonds vénitien dans un chignon qu'elle ornait, les jours de fête, d'une fleur cueillie dans le jardin. Issue elle-même d'une famille d'agriculteurs, elle connaissait le dur labeur des champs, même si elle avait été quelque peu épargnée, car elle avait cinq frères aînés pour épauler son père à la ferme. Elle aimait néanmoins participer aux récoltes, mais au plus profond de ses pensées, elle rêvait en secret d'un mariage avec un instituteur.

Mais le destin en décida autrement…

Ce fameux 14 juillet 1926. Elle aussi ne vit que lui. Grand, blond, timide. Il se tenait assis au bar, sirotant une menthe à l'eau. Avec la chaleur tombante du soir, sa chemise collait à sa peau. Elle distinguait sa large carrure musclée et son teint hâlé. Quel bel homme…, pensa-t-elle. Leurs regards se croisèrent, laissant apparaître une attirance immédiate, une alchimie instantanée, une impression de force invisible qui les attirait l'un vers l'autre sans qu'ils puissent lutter. Son cœur s'était mis à battre comme un fou ; elle croyait presque l'entendre. Elle était en train de tomber amoureuse. Il avait cette force tranquille et rassurante à la fois, mais elle sentait aussi une blessure profonde en lui, une cassure palpable qui le rendait si attachant. Comment résister à autant de charme ? C'était impossible pour elle. La suite allait s'écrire d'elle-même.

À l'époque, la majorité était à 21 ans, donc il ne fut pas nécessaire de demander une dérogation pour le mariage. Pour concrétiser cette relation aux yeux de leur entourage, il y eu des fiançailles et une date de mariage fut fixée au 16 avril 1927. Le grand jour approchait ; tout le monde scrutait l'horizon pour savoir si le soleil serait au rendez-vous. Lorsque tout fut enfin prêt, on organisa le cortège, ma mère arborait une magnifique robe de soie de couleur ivoire, confectionnée pour l'occasion par sa propre mère, et accessoirisée d'une longue gerbe de fleurs blanches à la main cueillies le matin même dans le jardin. Elle dégageait cette grâce féminine qui allait embellir cette journée si spéciale. Mon père, lui, portait un costume noir sombre, mais élégant, qui lui donnait un air d'acteur hollywoodien des années 1920. Ils formaient un couple magnifique.

Tout comme de nos jours, le mariage civil était célébré le premier, puis les cloches annonçaient le mariage religieux. S'ensuivit un bon repas et une fête au son de l'accordéon. Cette journée avait été ponctuée de joie, de pleurs et surtout d'amour. Mes parents s'embrassaient tendrement dans cet élan, en perdant presque leur souffle. Ensemble, ils étaient indivisibles, indestructibles, et formaient un beau couple. On sentait un profond respect entre eux. Ils se sentaient seuls au monde, avec des projets et des rêves plein la tête. Une seule photo fut prise sur le parvis de l'église, souvenir de ce jour si gracieux : l'union d'une femme et d'un homme qui s'aimaient profondément. Heureux qu'une nouvelle vie s'ouvre à eux.

Papa et maman, deux êtres réunis pour ne faire plus qu'un, les prémices d'une famille aimante et heureuse

3. Un plus un égale deux.

Abel et Adrien avaient pour particularité d'être nés la même année : Abel le 1er janvier 1930 et Adrien le 31 décembre 1930. Dans le village, on les surnommait «les deux A» comme s'ils avaient été de vrais jumeaux. On ne pouvait pas dire que mes parents l'avaient voulu ainsi, mais la nature en avait décidé autrement.

Abel, mon grand frère, ressemblait en tout point à mon père, physiquement d'abord, puis par certains traits de caractère, comme ce goût farouche pour la solitude, cette même énergie inépuisable, cette rigueur inflexible, et une détermination indéfectible devant l'effort, fût-il insurmontable. Tous deux vibraient aussi d'une passion fiévreuse pour le jazz. Entre eux, les affinités se répondaient avec une évidence magnétique, tissant une alchimie presque organique, et c'est pour tout cela qu'Abel était considéré comme le digne fils héritier, celui qui reprendrait les rênes de l'exploitation.

Adrien, lui, semblait l'exact inverse d'Abel, agité, rebelle, toujours prêt à bousculer l'ordre établi. Il rêvait de se défaire de cette condition qui, pourtant, lui collait à la peau avec une obstination presque cruelle. En lui se heurtaient sans cesse le désir fougueux de s'en affranchir et la conscience lucide de son propre enracinement. Ce tumulte intérieur faisait d'Adrien un être de contradictions, animé autant par l'espoir que par la rage. Et c'était peut-être justement dans ce contraste, dans cette manière d'incarner tout ce qu'Abel n'était pas, qu'il était devenu son complément, comme l'autre face d'une même histoire, un contrepoids indispensable à l'harmonie fragile de leur fratrie. Il aurait aimé s'échapper vers d'autres horizons, mais le courage lui manqua. Finalement, en y regardant de plus près, la décision de rester s'imposa d'elle-même. Il était impossible de rompre cette relation si fusionnelle, entretenue avec son frère.

Entre Abel et Adrien, il n'y avait aucune rivalité. Ce n'était pas un cadet travaillant au service de l'aîné héritier, mais une simple complicité, un respect et un amour profond qui faisaient d'eux un bloc si solide, que rien ni personne ne pouvait ébranler cette relation. Ils s'étaient créés une vraie relation de couple, une connexion psychique indestructible. Notre mère avait élevé ses enfants sans aucune distinction, dans un respect mutuel. Elle sortait des standards de l'époque pour être une mère aimante et à l'écoute. Elle vaquait à ses occupations, à l'intérieur comme à l'extérieur de la ferme, sans que cela ne se fasse jamais au détriment de ses enfants.

Dans les années 30, la campagne était très différente de la ville en matière d'éducation. Les nourrissons et les jeunes enfants étaient souvent considérés comme de petits êtres fragiles qu'il fallait nourrir, soigner, et protéger, tout en leur laissant une certaine liberté. S'occuper des enfants demandait du temps et une attention constante, ressources rares à l'époque. On s'en remettait donc à la nature, comme on veille sur une plante semée que l'on surveille de loin, tout en lui donnant ce dont elle a besoin pour s'épanouir. À l'inverse, mes frères grandissaient d'un cadre de vie relativement stable et chaleureux, empreint d'attentions et d'élans affectifs. Ma mère en avait fait son cheval de bataille, leur offrir, malgré la rudesse du milieu rural, un environnement aussi agréable que paisible, leur transmettre assez de connaissances pour qu'ils s'ouvrent au monde extérieur, et leur donner les outils nécessaires pour affronter les choix de la vie et prendre les meilleures solutions.

À l'âge de dix ans, leur scolarité prit fin brutalement au début de la Seconde Guerre, leur instituteur ayant fui en raison de ses origines juives. Ils avaient été des élèves aux résultats moyens, mais suffisants pour que papa et maman soient fiers d'eux. De toute manière, ils n'avaient pas en tête de devenir bureaucrates. C'est dans cette atmosphère familiale que, devenus adultes, ils prirent la décision plus facilement de rester dans le milieu agricole. Contrairement à mon père, qui avait subi sa situation, mes frères choisirent en leur âme et conscience, cette vie. Les événements s'imposèrent d'eux-mêmes et, avec le temps, plus rien ne comptait pour eux que le travail et la famille. Leur objectif était d'enrichir et faire perdurer cet héritage. La question de fonder une famille ne leur avait jamais effleuré l'esprit. Leur relation fraternelle était trop puissante et suffisante pour laisser de la place à une autre personne. Avec le temps, le travail primait sur la vie sentimentale. C'est ainsi que mes deux frères renoncèrent à une vie de couple et aux prétendantes potentielles, au grand dam de mes parents. Ce n'était pas le célibat qui leur pesait, mais plutôt le souhait de consolider les valeurs de la famille et de respecter les biens qu'on leur avait transmis. Leur engagement et leur dévouement faisait naître en moi un profond respect et une grande fierté. Même si ma naissance n'eut que peu de répercussions sur le chemin qu'ils s'étaient tracés, ils s'étaient fait la promesse de toujours me protéger. Ils avaient 20 ans à ma naissance. À y voir de plus près, j'étais devenue leur rayon de soleil, l'enfant qu'ils n'auraient jamais.

4. Un être précieux.

À 5 ans, je pris le chemin de l'école. Elle se trouvait à seulement un petit kilomètre de la maison. Débrouillarde, je faisais l'aller-retour toute seule. À cette époque, les enfants devenaient rapidement autonomes, et je n'avais pas failli à la règle. L'édifice, situé au centre du village, était un bâtiment de pierre blanche avec de larges ouvertures, avec deux portes d'entrée : l'une menait à l'unique salle de classe, l'autre à l'escalier qui conduisait à l'appartement de l'institutrice, Mme Garnier. La salle de classe, baignée de lumière, était aménagée d'un tableau noir au mur, devant lequel trônait un énorme bureau de bois massif posé sur une estrade. Devant cette estrade, étaient alignés en deux rangées de cinq, de petits bureaux d'écolier avec leurs plumiers. Au fond de la classe se trouvait un poêle à bois, utilisé seulement pendant les mois les plus froids. Au fil du temps, les murs s'étaient décorés de nombreux dessins que les écoliers laissaient, par gratitude, à Mme Garnier en fin d'année scolaire.

En ce temps-là, les filles portaient des jupes plissées et des chaussettes hautes, aussi bien en été qu'en hiver. Elles portaient une blouse sombre, ornée d'un liseré bleu ou rouge. Pour transporter leurs affaires d'école et leurs repas, elles utilisaient une musette, ancêtre du cartable. Nous allions à l'école du lundi au samedi matin. Les jeudis et les dimanches étaient des jours de relâche. «Relâche», c'était un grand mot, car bien souvent nous aidions nos parents, et moi, je le faisais avec grand plaisir. La rentrée était fixée au 1er octobre, ce qui permettait de travailler plus longtemps dans les vignes et les champs. Le travail passait avant l'école. Les enfants étaient de la main d'œuvre gratuite. C'était ainsi en milieu rural, l'accès à l'éducation était compliqué, et les parents ne voyaient pas d'un bon œil que leurs enfants passent autant de temps à l'école. Leur absence se faisait sentir dans les champs. Mais Mme Garnier, par sa gentillesse et son dévouement, avait su remédier à ce problème. Elle réussit à convaincre tous les parents de laisser venir leurs enfants à l'école. Comme elle aimait le dire, elle se proclamait institutrice en herbe entièrement dévouée à son métier. Evidemment que les conditions de vie étaient précaires, mais la volonté d'apprendre et d'enseigner les notions basiques telles que la lecture et l'écriture à ses jeunes écoliers, était plus forte. Le combat n'était pas gagné d'avance, mais, au fil du temps, elle réussit à se faire apprécier et respecter par la totalité du village. Elle avait suscité l'intérêt des élèves, encourager leurs efforts et faire de l'accompagnement des plus faibles son objectif premier.

Moi, j'aimais l'école. Ces moments passés dans la salle de classe à écouter Mme Garnier, était un précieux enseignement. J'avais en moi cette envie d'apprendre et je ne perdais rien des leçons de mathématiques, de grammaire et d'écriture. Mme Garnier avait repéré mon envie et mes capacités à apprendre. Elle proposa alors à mes parents de me donner des cours supplémentaires gratuitement et réussit facilement à les convaincre. Ils comprirent que l'école pouvait devenir un véritable chemin vers la réussite. Chaque jour d'école, Mme Garnier m'accordait une heure de son temps pour approfondir mes connaissances. Je chérissais ces moments où nous étions seules toutes les deux, à nous amuser et à apprendre. Le temps passait ainsi, en développant une certaine affection mutuelle. Je lui vouais également une grande admiration, en raison de sa gentillesse et son dévouement. C'est pour cette raison que, petit à petit, nous nous étions confiées l'une à l'autre.

Sa venue dans ces terres ardéchoise avait été mûrement réfléchie, laissant son passé derrière elle pour se reconstruire et donner un autre sens à sa vie. Elle me raconta son histoire un soir de printemps, lors d'une de ces belles journées gorgées de soleil, que l'on savoure avant qu'il ne devienne brûlant. Mme Garnier était une belle femme. Ses cheveux bruns, luisants, attachés en queue de cheval, lui donnaient un air plutôt strict, mais elle possédait une fraîcheur, une légèreté et une élégance qui la rendaient intemporelle à mes yeux. Parfois, elle semblait détoner dans ce paysage rural, mais elle s'y trouvait parfaitement à sa place et ne regrettait rien de ce choix. Bien qu'elle fût une belle personne, elle n'était pas mariée, peut-être à cause de son esprit libre. Bienveillante et respectueuse, elle aimait la vie et ressentait une profonde gratitude pour la nature et les êtres humains. Une belle âme sensible et altruiste. Elle avait eu la chance de pouvoir réaliser son rêve d'enfant, devenir institutrice. Elle suivit sa formation d'enseignante à l'école normale dans les années 50. Née à Paris dans une famille bourgeoise, elle était l'aînée de la fratrie et la seule fille. Sa mère, femme au foyer, s'occupait de ses trois enfants, tandis que son père était directeur de banque. Simone débordait de vitalité et était avide de connaissances. En cachette, elle empruntait des livres dans la bibliothèque familiale et se nourrissait d'histoires de princes et de fées. Son avenir semblait tout tracé, un mariage arrangé avec un fils de notables, amis de ses parents. Mais elle refusait cette vie imposée. De sa petite enfance, Simone gardait surtout de mauvais souvenirs : réprimandes constantes et violences verbales de la part de son père, pour qui une fille n'avait guère de valeur. Seuls ses deux fils, dignes héritiers, pouvaient le rendre heureux et fier. Sa mère, quand à elle, suivait à la lettre les directives de son mari, tyrannique et coléreux. Dans ce foyer, rien n'était laissé au hasard en matière d'éducation. La liberté et la faiblesse n'était pas au programme. Dans ce milieu bourgeois, la réussite éducative était synonyme d'avenir. On privilégiait l'instruction, la socialisation et la qualification, et l'amour n'était qu'accessoire. Le plus important était le paraître et le faire-valoir. Simone n'avait jamais eu le soutien de sa mère, et pourtant c'était ce dont elle manquait terriblement : des gestes d'affection, une oreille attentive, des encouragements, brefs, des marques d'une mère aimante. Avec les années, elle se sentait incomprise, et c'est à l'âge de dix ans qu'elle prit la décision qui allait bouleverser le court de sa vie. Elle demanda à ses parents d'aller en pension; ce qu'ils acceptèrent au vu du climat qui régnait à la maison. Le pensionnat Sœur Marie-Thérèse n'était qu'à trois rues de leur appartement, mais suffisait à lui offrir l'éloignement dont elle avait besoin. C'est à cet instant qu'elle se libéra de toute cette pression familiale négative et de ce fardeau non affectif. Simone n'avait plus qu'un objectif, réaliser son rêve. Elle croyait fermement en son désir de devenir un jour institutrice.

Dans les années 50, le cursus étudiant était plus court qu'aujourd'hui. Les futurs (es) instituteurs (trices) étaient recrutés (ées) après le brevet d'étude du premier cycle du second degré (le BEPC). Les études étaient entièrement prises en charge par l'état. Les étudiants(es) suivaient alors une année de formation professionnelle et, à 19 ans, devenaient instituteurs (trices)».

À la fin de ses études, diplôme en poche, elle prit la décision la plus conforme à sa vocation et à son désir d'échapper à cette société bourgeoise qui ne lui correspondait plus. C'est ainsi qu'elle atterrit à Vallon-Pont-d'Arc, où un poste venait de se libérer. Cette décision radicale changea sa vie…et la mienne par la même occasion.

Merci, Mme Garnier

5. Comme un cheveu sur la soupe.

Ma mère, en raison de deux grossesses difficiles et très rapprochées, avait contracté une santé fragile. Souvent très fatiguée, au bord de l'épuisement, elle ne se plaignait jamais. À y regarder de plus prés, la vie lui avait pourtant fait le plus beau des cadeaux, ses deux garçons, et le plus important, à cet instant là, était de pouvoir les élever du mieux possible pour qu'ils deviennent de bonnes personnes. Et comme par magie, sans s'en rendre compte, son corps se mit en veille pour la préserver malgré elle. Le temps fila, défila même. Les garçons avaient grandi, mes parents avaient vieilli, un cycle de la vie somme toute ordinaire. À la maison, l'union familiale faisait force, et c'est ainsi qu'ils surmontèrent la période de guerre. L'après-guerre ne fut pas tout rose non plus. On manquait cruellement de tout, mais l'essentiel était d'être ensemble et de se reconstruire tant bien que mal. La pénurie alimentaire ne se fit pas trop ressentir à la campagne, chacun avec son lopin de terre, pouvait subvenir au nécessaire, mais le traumatisme moral était bien réel et présent. Toute cette violence subie, directement ou indirectement, mettrait longtemps à s'effacer.

Maman avait seulement quarante ans lorsqu'elle commença à avoir des problèmes de cycles menstruels devenus très irréguliers. C'est pour cette raison qu'elle consulta le docteur Robert, médecin du village, craignant une maladie grave. Celui-ci ne s'étonna pas des symptômes, et son diagnostic fut rassurant. Il expliqua à maman que son cycle de procréation arrivait à son terme, plus précisément, qu'il s'agissait du début de la ménopause. Rien de grave, seulement le deuil de devenir mère à nouveau. Rassurée, elle n'en fit pas cas et reprit ses obligations sans arrière-pensée.

Et comme par miracle, sans crier gare, je pointai le petit bout de mon nez le 14 août 1950, entrant ainsi fièrement dans les statistiques du baby-boom. Personne dans le cercle familial n'était préparé à une telle surprise. Un petit chamboulement dans une vie bien rangée. Mes parents accueillirent cette arrivée impromptue comme un signe du ciel. Mes frères, tout juste âgés de vingt ans, vécurent ma naissance comme une mission de mise sous tutelle. Cette petite sœur tombée des nues allait devenir leur rayon de soleil et la personne la plus importante à leurs yeux. Mon arrivée, inattendue, comme un cheveu dans la soupe, restera pour eux le plus beau jour de leur vie. Ils savaient que rien ne serait plus pareil. Ma naissance allait être un moteur. Je m'étais imposée comme un souffle nouveau, venu chambouler leurs plans de vie. Mon arrivée leur rendait force, enthousiasme et espoir Il fallait faire confiance à l'avenir et jamais ils n'auraient pu imaginer à quel point celui-ci deviendrait incroyable. Ma venue au monde avait donné un sens à leur vie. Elle les avait sortis de leur routine confortable. Ils apprirent à être meilleurs, plus patients et plus résilients. L'heure était venue d'apprendre à s'apprivoiser, à s'aimer, et, surtout, à me trouver un prénom.

Finalement, ils m'appelèrent **Liliane,** qui devint rapidement **Lili,** un diminutif plus affectueux. Avec cette arrivée fracassante dans l'antre de la vie, je me réservai un avenir hors du commun. ***C'est ainsi que commença mon entrée théâtrale sur cette terre.***

« À l'instant où le bébé naît, on sait d'un seul coup qu'on n'est plus la personne la plus importante au monde à nos propres yeux. On s'incline devant cette naissante, et en s'inclinant, on grandit.»

Laurent Gounelle

CHAPITRE 2

Là où la vie

Nous mène...

1. Le courage de partir.

Quitter ma famille aurait pu me rendre malheureuse, mais je savais, au plus profond de moi, que c'était la meilleure solution. Je savais que les premiers temps seraient difficiles, que seules les lettres deviendraient le lien unique entre ma famille et moi. Cet éloignement aurait pu m'effrayer, mais j'étais animée par ce désir viscéral et profond de prendre mon envol et de réaliser ce dont j'avais toujours rêvé.

À ce moment précis, je ne savais pas encore que mon audace remplirait de fierté ma famille, qui voyait en moi une super-héroïne. Ils avaient compris que j'avais besoin de partir pour me construire. Ils se souvenaient qu'à l'âge de six ans déjà, je chantais et dansais debout sur l'arrière de la charrue ; qu'au milieu des champs j'amusais les amis de mes parents venus les aider à ramasser les pommes de terre. Souvent cette journée se terminait par une soirée autour d'un feu de joie où tout le monde était convié. Mais le moment le plus émouvant restait quand mon père sortait son gramophone et déposait délicatement un disque de Duke Ellington. Alors, la soirée prenait un tout autre tournant, je me transformais en véritable diva de la danse ; je tournais, virevoltais, volais même, à en perdre haleine.

Cette décision de partir n'avait pas été prise à la légère. Je réalisais, inconsciemment, que ma peur et mes incertitudes, bien qu'irrationnelles, avaient malgré tout leur logique. C'était, comme lorsqu'on démarre une page blanche et que tout reste à écrire, comme un vide à remplir, comme une nouvelle vie qui commence.

Bien sûr, j'ai quitté mon Ardèche connue, aimante, lieu extraordinaire et profond, ce lieu où je me sentais en paix, mon point d'ancrage pour appréhender l'inconnu. Mais mon avenir, je voulais l'écrire à ma façon, toujours optimiste et intimement convaincue que les sacrifices à venir allaient me rendre plus forte et indépendante. Je partais peut-être angoissée par l'idée de laisser derrière moi ce nid douillet, ce cocon qui m'avait permis de tout surmonter, de tout affronter, mon mur d'équilibre. Mais c'était nécessaire, même si, aux yeux de mes parents, à quatorze ans, j'étais encore leur petit bébé.

C'était le moment de croire en tous les possibles, d'apprendre à devenir responsable de son bonheur. ***Laisser partir, laisser grandir.***

2. La ville de lumière.

Le grand jour approchant, tout se bousculait autour de moi. Mme Garnier, avait fait jouer son carnet d'adresse. Je suis arrivée à Paris avec pour seul bagage une petite valise en carton qui renfermait mes maigres affaires personnelles. Le voyage avait été très long, avec de nombreux changements qui, à chaque fois, étaient une course contre la montre pour ne pas rater la correspondance.

Quand je posai enfin ma valise sur le quai de la gare de Lyon, je fus envahie à la fois par une angoisse profonde et une excitation extrême. Tout paraissait immense, presque démesuré, comme si la gare toute entière me dépassait. Depuis Vallon-Pont-d'Arc, Madame Garnier, qui avait orchestré mon arrivée à Paris d'une main de maître, n'avait rien laissé au hasard. Tout était établi et organisé,: mon inscription au pensionnat Sœur Marie-Thérèse, celle à l'école de danse de l'Opéra de Paris, et même un petit travail de garde d'enfant dans une famille bourgeoise, pour me permettre de gagner un peu d'argent de poche et aider mes parents à assumer des frais de scolarité assez élevés.

La vie au pensionnat me convenait parfaitement. C'était un lycée de jeunes filles issues de la petite bourgeoisie parisienne. L'ambiance y était bonne et, dans ce nouvel environnement, je parvenais à trouver ma place et à être acceptée à ma juste valeur. Ce lieu allait devenir ma seconde maison ; il fallait donc bien m'en accommoder. Le dortoir, où nous devions garder le plus grand silence pour ne pas déranger la mère supérieure qui occupait la chambre au bout du couloir, imposait une vie quasi militaire, avec des horaires stricts à respecter sous peine d'être privées de repas ou de sorties. La discipline, la soumission, l'obéissance étaient terribles mais je m'en accoutumais facilement.

Ces mots d'ordre revenaient chaque jour à nos oreilles:

- les rangez-vous, les taisez-vous.

- les dépêchez-vous, les calmez-vous.

À vrai dire, cela faisait partie du folklore quotidien, et on s'y pliait sans désobéir, sans se rebeller. Quoi qu'il en soit, la discipline allait devenir primordiale dans ma vie.

Ma scolarité au lycée, mes cours de danse et mon travail de garde d'enfant le samedi soir ne me laissaient guère de temps pour les loisirs, mais ma réussite demandait des sacrifices, et je m'en accommodais. Au lycée, j'avais pris mes marques. Rapidement, je suivais avec grand intérêt les cours et mes résultats étaient plus que satisfaisants, voire excellents. Cette réussite, je la devais en grande partie à Mme Garnier et à ma famille.

À l'école de danse de l'Opéra de Paris, la rigueur et la discipline transpiraient des murs. Chaque séance épuisait mon corps, mais je gardais toujours à l'esprit que c'était une étape nécessaire à mon cursus. Certains jours, je voulais jeter l'éponge, prendre un train et retourner à Vallon. Puis comme une lumière guidant mes pas, je puisais dans une force inébranlable et rebondissais pour affronter ces épreuves avec sérénité, en croyant toujours en mes forces.

3. Jo mon âme sœur.

Comme moi, Joséphine était arrivée au pensionnat à la rentrée 64. Au premier regard, nous avons su que quelque chose d'intense allait nous lier et qu'une amitié hors norme allait naître. Elle était de ces filles qu'on remarque tout de suite, si gracieuse et si mystérieuse à la fois. Je savais, au plus profond de moi, que ce hasard de la vie allait enthousiasmer le reste de mes jours, que certaines rencontres bouleversent à jamais une vie.

Elle était née à Paris mais y avait peu vécu. Son père, devenu diplomate, avait été nommé en poste à Alger, et sa mère, professeur de piano, n'avait pas eu d'autre choix que de le suivre. Là-bas, l'État français leur garantissait un salaire conséquent et des avantages tels qu'un logement de fonction dans les quartiers favorisés situés prés du port. Tout était organisé pour offrir aux colons un cadre de vie familier et confortable, un niveau de vie très agréable pour l'époque. Dès son plus jeune âge, Joséphine avait été protégée, surprotégée par ses parents. Un asthme sévère l'avait rendue fragile, et, pour ne pas aggraver sa maladie, ses parents prirent la décision de la scolariser à la maison. Durant les dix premières années de sa vie, Joséphine avait vécu dans une bulle, n'ayant aucun contact avec des enfants de son âge. Chaque jour, elle était entre les mains d'adultes, précepteurs, domestiques, médecins défilaient à longueur de journée. Cet isolement l'étouffait parfois, les joies, l'innocence et la naïveté des enfants de sa génération lui manquaient. Elle n'avait pas profité des plaisirs de la petite enfance, de l'insouciance. Dans cette enfance où rien n'était grave, elle avait grandi trop vite, entourée uniquement d'adultes. Ce qui lui manquait terriblement, c'était de pouvoir échanger, d'avoir une âme sœur, quelqu'un à qui se confier. Elle avait beaucoup voyagé avec ses parents, mais n'avait rien vu du monde, toujours par souci de la protéger de l'extérieur. Pourtant, un chamboulement allait s'opérer. En 1964, son père prit la décision de rentrer en France. Les événements en Algérie commençaient à s'intensifier et il devenait dangereux de rester sur place. Joséphine accueillit la nouvelle avec gaité, soulagement et une certaine frénésie. Elle décida de mettre à profit ces changements. Elle nota dans un cahier tout ce qui lui passait par la tête. Une liste qui donnait presque le vertige, faite de projets inspirants, parfois farfelus, pour vivre une belle aventure. Elle avait été si seule durant toutes ces années qu'elle voulait vivre quelque chose d'exceptionnel, qui la fasse grandir.

Au fil des années, sa santé s'était améliorée, elle sentait revenir une nouvelle énergie et un véritable mieux-être. C'était sûrement le moment pour elle de refermer ce chapitre douloureux de sa vie et d'en ouvrir un autre, qu'elle aurait choisi. Ses rêves, longtemps enfouis, semblaient enfin pouvoir prendre forme, et ce qu'elle désirait au plus profond d'elle, c'était devenir danseuse classique. Sa décision était prise, elle était prête à affronter ses parents. Afin de mettre toutes les chances de son côté, elle rédigea une lettre leur expliquant qu'elle avait besoin de leur soutien, leur décrivant son projet sous toutes ses coutures et insistant sur ce besoin vital de voler de ses propres ailes. Elle reconnaissait, bien sûr, qu'il y avait des risques, mais elle mettrait tout en œuvre pour être prudente et ne pas se mettre en danger. Elle les remerciait au passage pour toute l'attention et tout l'amour qu'ils lui avaient apportés, et soulignait que désormais il lui appartenait de suivre sa voie seule. Elle voulait aussi leur dire qu'elle en était finalement capable, qu'à quatorze ans, on pouvait prendre de bonnes décisions, qu'elle était assez mûre et que c'était le bon moment. Ce fut dur pour ses parents de l'entendre. Ils n'avaient pas été défaillants ; ils avaient simplement voulu trop la protéger et reconnaissaient aussi l'avoir étouffée, mise en veille. Mais désormais, le moment était venu de lui souhaiter autre chose, de la voir s'épanouir et de commencer le meilleur chapitre de sa vie. Oser, c'était être libre, c'était vivre.

Cette rentrée 64 fut un moment intense. C'était réellement sa première rentrée scolaire. La peur au ventre, elle s'apprêtait à affronter les démons de la vie en société et la promiscuité. Une multitude de questions lui traversaient l'esprit, mais elle n'allait pas renoncer à la première difficulté. Sa vie allait prendre un tournant incroyable, essentiel, presque démentiel. Ce coup de cœur amical entre nous avait été une révélation, une surprise même, comme si cet instant avait été fantasmé dans le passé et devenait réalité. Quand nos regards se croisèrent, une atmosphère floutée sembla s'installer autour de nous, créant une ambiance alourdie par un silence dérangeant, comme si ni elle ni moi n'étions prêtes à vivre ce moment irréel. Une connexion immédiate, naturelle et si évidente naissait entre nous, comme si nous nous connaissions depuis toujours : c'était la naissance d'une relation forte et dévorante.

En amitié comme en amour, il suffit parfois d'un rien pour que tout devienne une évidence, et cela s'était produit, peut-être parce que nous nous ressemblions étrangement tout en étant différentes. Un vrai paradoxe. Ce coup de cœur était probablement dû au fait que nous étions toutes les deux effrayées par cette nouvelle destinée, et qu'à deux tout semblait plus simple, même pour gravir les marches. J'avais le sentiment, l'ultime conviction, qu'ensemble nous pouvions déjouer tous les mauvais coups et dépasser toutes les angoisses. À ce moment-là, nous ne nous rendions pas encore compte que cette rencontre, cette relation, allait nous bouleverser à jamais.

«Âme Sœur, tu connaîtras mes joies, mes peines, je n'aurai aucun secret pour toi.»

Cette phrase prenait alors tout son sens dans notre lien.

Il ne nous restait plus qu'à remercier la vie de nous avoir rassemblées et à profiter de ces sentiments précieux. C'est ainsi que Joséphine devint ma meilleure amie, mon âme sœur.

L'amitié avec un grand A. Nous ne nous sommes plus jamais quittées.

4. Le pensionnat.

Comment s'y sentir bien? Le pensionnat, ce n'était pas la maison. On allait vite s'en rendre compte et il n'était plus question de s'enfuir. Je savais que l'acclimatation serait progressive et je m'étais préparée à cette aventure unique et enrichissante, mais je ne pouvais minimiser mon inquiétude. Passé le choc de la séparation familiale, venait la découverte des lieux, cette émotion grandissante de rencontrer l'endroit qui allait m'accueillir pendant quatre ans.

Nous étions une trentaine de pensionnaires, réparties dans deux dortoirs où les lits, bien alignés, se perdaient dans l'immensité des pièces. La vie y était organisée avec des règles très strictes, tout était ordonné et encadré pour offrir un enseignement complet. Il y avait beaucoup d'interdits, mais en fin de compte, c'était très supportable. Une petite routine imposée qui rendait notre quotidien plus confortable. Finalement, il suffisait simplement de s'approprier la méthode, d'avoir cette capacité d'adaptation et de vite rentrer dans le moule.

Le jour de la rentrée, il faisait un temps magnifique. Nous étions toutes réunies dans la cour afin de recevoir les premières instructions. Sœur Hélène et Sœur Dominique étaient là, toutes deux vêtues de noir. Elles se présentèrent comme nos tutrices, avec pour principes fondamentaux, la discipline, la loyauté, la ponctualité, l'obéissance et le travail, des droits et des devoirs comme un bon procédé d'échange. Pour résumer, peu de liberté, mais le prix à payer pour réussir.

L'uniforme, accessoire indispensable pour effacer les différences de classe sociale, était devenu notre unique garde-robe, sans que personne n'y trouve à redire, malgré la laideur. Robe chasuble, chemisier blanc et mocassins, tel était désormais notre accoutrement quotidien. Tous les quinze jours, le samedi midi, nous pouvions rentrer chez nous, si et seulement si, il n'y avait pas de mauvaises notes ou de comportement déplacé. Cependant, vu la distance entre le pensionnat à la maison, il n'était pas question pour moi de faire l'aller-retour. Je pris donc l'habitude de rester au pensionnat et de m'investir dans mes leçons. Ce fut de courte durée car très vite avec Joséphine, nous devînmes inséparables. Nos lits étaient côte à côte, et nous partagions la même soif de connaissances et joie de vivre. Nos caractères étaient tellement complémentaires que nous dégagions une telle force que rien ne pouvait se mettre sur notre chemin. Nous étions à l'aise en classe malgré cette rigueur, et nous survolions même certaines matières avec des résultats proches du sans-faute. Nous nous épaulions l'une et l'autre, décidées à ne dépendre de personne d'autre. Notre relation devint très intense, fusionnelle, proche d'un amour inconditionnel, comme si nos deux âmes ne faisaient plus qu'une. On ne pouvait évoquer l'une sans l'autre, et c'est tout naturellement qu'au pensionnat on nous surnomma les «sœurs siamoises». Nous vivions dans cette cellule familiale créée de toutes pièces, laissant guère de place aux autres, et cela nous convenait parfaitement. C'était rassurant, enrichissant, épanouissant et parfois effrayant.

Trois semaines après la rentrée, inévitablement, Joséphine demanda à ses parents s'ils pouvaient m'accueillir le week-end. Ils ne refusèrent pas, comprenant que ma présence avait un effet bénéfique sur leur fille. Sa santé s'était améliorée, et elle était devenue une jeune fille plus ouverte, métamorphosée par notre rencontre.

Bref, elle revivait….

C'est ainsi que, tous les samedis midi, son père venait nous chercher devant le pensionnat, au volant de sa Citroën DS noire. Nous nous installions à l'arrière de la voiture et, par politesse, nous saluions d'un signe de la main les deux Sœurs restées à l'entrée du portail. Le trajet du pensionnat jusqu'à leur appartement, situé dans le huitième arrondissement, semblait irréel pour une pauvre paysanne comme moi. Remonter les Champs-Elysées, de l'Arc de Triomphe à la place de la Concorde, était un vrai rêve. Depuis la terrasse de leur appartement haussmannien, la vue était extraordinaire, presque picturale. Nous admirions tout Paris ! La tour Eiffel, la Concorde, Montmartre. Les après-midis, nous flânions dans les rues, faisant du lèche-vitrine sans rien acheter. Joséphine prenait le temps de me faire découvrir sa belle et merveilleuse ville Lumière, en m'inondant de détails historiques. Ses monuments, en contraste avec les constructions modernes, donnaient un côté hétéroclite qui renforçait leur mise en valeur. En silence, je m'imprégnais de chaque lieu. Les fins d'après midis, je devais m'éclipser vers le quartier de Pigalle, car je m'étais engagée auprès de Mme Garnier à effectuer quelques heures de garde d'enfants au domicile d'une famille d'amis. Ma tâche accomplie, je rentrais tranquillement dans le huitième où Jo se réjouissait de me retrouver. On passait ensuite à table, et un marathon de jeux de société clôturait la soirée. Quand l'heure du coucher sonnait, l'excitation extrême dans laquelle nous étions ne nous permettait pas un endormissement rapide. Alors, nous passions des heures à discuter de tout et de rien, de nos avenirs respectifs, et surtout à refaire le monde avec souvent des théories et des réalités souvent tirées par les cheveux. Nous rigolions à en avoir mal au ventre, et là, comme par magie, le sommeil venait soudainement. Les week-ends passaient à une allure vertigineuse, et lorsqu'il était déjà l'heure du retour au pensionnat, un pincement au cœur se faisait ressentir. Ces retrouvailles avec notre quotidien d'internes nous rappelaient qu'il fallait apprécier les moments joyeux et les vivre comme si c'étaient les derniers.

Profiter de l'instant présent.

Et puis ce fut au tour de Joséphine de venir découvrir l'endroit qui m'avait vu naître. Ses parents avaient accepté qu'elle m'accompagne en Ardèche pour les vacances de la Toussaint. Cette semaine de vacances était pour moi un retour aux sources, et j'étais excitée à l'idée de partager ce moment avec mon âme sœur, Jo. J'étais persuadée qu'elle profiterait de chaque instant. Je savais que la vie à Vallon était bien différente de celle de Paris, mais elle avait tout autant de légitimité et de charme. J'avais vraiment hâte de lui présenter ma famille et, surtout, de passer du temps avec elle en dehors du tumulte parisien et du sinistre pensionnat.

Après un voyage long et fatiguant depuis Paris, les prémices de l'arrivée à Vallon se dessinaient. La dernière ligne droite du périple, le trajet de la gare du Teil à celle de Voguë était pittoresque. Son tracé ferroviaire, sinueux, obligeait le train à emprunter de nombreux viaducs pour accrocher la voie ferrée le long de la paroi rocheuse. Cette hauteur donnait une impression vertigineuse et offrait une vue sur des paysages restés encore sauvages. Jo écarquillait les yeux d'étonnement, et moi je savourais d'être de retour dans mon pays ardéchois. Dès notre descente du train, après deux mois de séparation, les retrouvailles furent intenses. Mon cœur était pris dans un étau, serré, prêt à éclater. Ma respiration s'accélérait, ma tête tournait. J'étais au bord du malaise, mais infiniment heureuse d'être ici pour quelques jours. Abel et Adrien, pour l'occasion, avaient fait briller la vieille Dauphine grise Renault de mon père, cette même voiture où j'aimais me cacher lors de parties de cache-cache avec lui. Le trajet vers la maison fut silencieux, oppressant, trop d'émotion pour se dire quoi que ce soit. Ce moment de silence fut nécessaire pour que tout le monde reprenne ses esprits et redescende sur terre. Arrivés à la maison, mes parents nous attendaient devant le perron, avec un large sourire et la larme à l'œil. Je sautai de la voiture comme un cabri et me jetai dans leurs bras, submergée par l'émotion.

Toute cette effusion de sentiments mis mal à l'aise Joséphine, car dans sa famille, on était plutôt réservé, voire distant. Elle trouva néanmoins cet instant très beau. Après une nuit sans sommeil, Joséphine et moi étions prêtes pour l'aventure. Abel et Adrien avaient organisé une sortie dès le lendemain. Le trajet n'était pas long. Nous garâmes la voiture sur la place de l'église et, d'un pas ferme, dévalâmes la petite ruelle pour arriver en face du fameux Pont d'Arc. La rivière, agitée par le vent, reflétait tel un miroir, et le pont semblait flotter au-dessus de l'eau. Ce paysage était à couper le souffle. La végétation typique des zones calcaires donnait un charme fou aux rives de l'Ardèche. Chaque saison avait son charme, mais l'automne offrait un spectacle hors du commun. Le niveau de l'eau était remonté, la végétation entrait en hivernation, et les sols des bois se tapissaient d'une multitude de feuilles d'arbres multicolores. Joséphine fut époustouflée par la beauté du site. À chaque moment de la journée, une lumière différente s'imposait. Le temps paraissait s'arrêter, et une plénitude envahissait l'atmosphère. À cette période de l'année, le froid de l'air et l'humidité très désagréable se faisaient sentir. C'est pourquoi Abel proposa de faire griller des marrons dans la cheminée en rentrant à la ferme.

Les jours suivants s'articulèrent de manière simple. Les après-midis, mes frères faisaient office de guides touristiques, tandis que mes parents se chargeaient de faire découvrir à Joséphine le travail des paysans et leurs liens particuliers avec la nature. En cuisine, ma mère s'activait en authentique chef cuisinière. Chaque repas était une explosion de saveurs : bombines, caillettes, crique, crème de marrons, pâtes de coing confitures maison… un vrai régal pour nos papilles. Jo mis la main à la pâte et, avec l'aide de ma mère, transforma la cuisine en véritable atelier de création. Cette semaine passa à vitesse folle. Elle fut riche en émotions et en découvertes, et tous furent conquis au premier contact par Joséphine. Elle avait trouvé sa place dans notre famille.

Le moment des adieux approchait. Une semaine de vacances était trop courte pour rattraper deux mois de séparation. Déjà, dans ma tête, je pensais au prochain retour à la maison pour les vacances de Noël.

La vie au pensionnat reprit son cours comme si nous n'étions jamais parties.

CHAPITRE 3

Sur la pointe des pieds

1. Petit rat de l'Opéra.

Cela faisait déjà un trimestre que les cours de danse avaient commencé, et je sentais que quelque chose de fondamental était en jeu, quelque chose qui transcendait l'ordinaire et renforçait la décision que j'avais prise. J'abordais chaque cours comme une remise en question, comme une naïveté invraisemblable qui me ramenait à découvrir pourquoi j'étais là, et pourquoi j'avais suivi cette voie.

L'école de danse était située au Palais Garnier, monument classé historique, un véritable joyau en plein cœur de Paris, qui nous offrait un décor féérique pour vivre et nous épanouir dans notre art. Intégrer l'école de danse de l'Opéra de Paris n'était pas donné à tout le monde. La procédure d'admission débutait par une sélection sur dossier, suivie d'une épreuve de danse. Le premier trimestre ressemblait davantage à un stage académique, évalué par des notes, qu'à un véritable art créatif et émotionnel. Mais une fois admise, tout s'enchaînait. Le matin, à l'internat, nous suivions les cours de l'Éducation nationale, et l'après-midi, ceux de danse à l'Opéra. Chaque jour, je me confortais dans l'idée que je vivais les moments les plus intenses de ma vie. Loin de vivre une illusion, la danse bousculait mon quotidien, et c'était un bonheur épanouissant. Je vivais cette période de façon heureuse. J'avais trouvé ma place et je savais que je la méritais. Le chemin allait être long et jonché d'obstacles, où mon corps allait souffrir et des moments de doutes allaient s'installer. Mais je savais qu'au final, je me sentirais à ma place dans cet univers.

Chaque jour serait une quête d'excellence. La confiance, les doutes, la détermination seraient mes carburants pour réussir. J'accepterais de mettre mes états d'âme de côté et je puiserais au-delà de mes forces pour atteindre cette fameuse perfection. Émotionnellement, il fallait que je trouve ma place et que je m'accorde du temps pour me connaître et me façonner. La danse et les émotions étaient totalement liées, il fallait juste trouver le bon dosage pour ne pas se perdre, et ainsi laisser émerger une expression authentique, celle qui raconte sans mots ce que le cœur ne sait pas toujours dire. Chaque jour, je me faisais violence pour m'apprivoiser et m'improviser dans ce milieu artistique. Mon corps devenait mon instrument, mon outil de travail, mon arme personnelle et je créais les connexions nécessaires pour en tirer le meilleur. Je savais que je devrais associer douleur et joie pour atteindre la réussite. Dans cet état second, mon corps et mon esprit se retrouvaient, devenaient insaisissables, et le résultat n'en était plus pur et inespéré.

Avec Joséphine, nous savions que l'école de danse de l'Opéra de Paris formait les futures meilleures danseuses du monde et qu'avec beaucoup de travail, nous pourrions atteindre notre but, devenir petit rat de l'Opéra. Nous mesurions la chance d'être là et ne laissions rien à hasard.

Notre professeure Mme Oury, était d'origine russe. Elle venait tout juste de l'école de danse du Bolchoï de Moscou, et avait la réputation d'être une artiste rebelle, mais d'une rigueur implacable. C'était une femme profondément marquée par des événements dramatiques. Née en 1940 dans un petit village nommé Kalouga, à 160 kilomètres de Moscou, elle avait grandi dans des conditions extrêmement difficiles, exacerbées par la guerre. La population mourait de froid et de faim. Sa famille d'origine juive se retrouva parquée dans un ghetto installé dans un monastère insalubre, où les conditions étaient encore plus précaires que dans le village. L'accès à l'eau, à l'électricité et au chauffage leur était interdit, la nourriture était rationnée, et ils ne pouvaient pas fréquenter les lieux publics. Survivre relevait du miracle et du système D. Cette période marqua à jamais son esprit et forgea sûrement son caractère volontaire et endurant. Les années d'après-guerre furent également compliquées à vivre. Ses parents, travailleurs agricoles, s'épuisaient dans les champs pour quelques miettes de pain, mais ils restaient dignes et pensaient que la vie valait la peine d'être vécue après tout ce qu'ils avaient traversé. À Noël 1947, malgré la pauvreté, sa mère réussit à obtenir des billets, en échange de nourriture, pour assister à un spectacle de danse dans l'église du village voisin : *Le Chant des Cigognes*, une œuvre patriotique. Émerveillée par ce spectacle et par tant de grâce, Mme Oury eut une révélation, elle deviendrait danseuse. À cet instant précis, la danse devint pour elle une vocation, une échappatoire, sa raison d'être et de vivre. À l'âge de 7 ans, elle commença donc des cours de danse folklorique, financés grâce aux maigres économies de ses parents, qui réduisaient même leur part de nourriture pour soutenir ce rêve. Pour eux, ce qui se passait était un signe divin, le seul moyen pour leur fille unique de s'extraire d'une vie de misère. Elle se produisait dans les églises des environs de Kalouga et de bouches à oreilles, la population se déplaçait pour venir voir danser la petite Ana.

Grâce à l'argent récolté, elle put prendre des cours de danse classique. Plus rien ne pouvait l'arrêter dans sa détermination et son ascension. Puis, de rencontres en rencontres, elle se retrouva à étudier à Leningrad, où l'école de danse était reconnue comme la meilleure du monde. À force de travail, de sacrifices et de dépassement de ses limites, elle atteignit son but ultime, devenir danseuse étoile. Elle entama alors une carrière internationale, jalonnée de succès, auprès des plus grands chorégraphes. Elle donna une partie de sa vie au service de son art. Puis, lors d'une tournée en France à l'âge de 22 ans, elle rencontra l'amour et ne quitta plus Paris. C'est ainsi qu'elle devint un membre actif du cadre enseignant au palais Garnier.

Nous avions de la chance de l'avoir comme professeure. Elle était très exigeante et avait décelé notre capacité de résilience et ce désir d'aller toujours plus haut. Elle avait compris, dès le premier regard, qu'avec beaucoup de travail, elle parviendrait à faire de nous ses futures danseuses étoiles, et que nous étions prêtes à tous les sacrifices pour y parvenir.

Nos journées étaient devenues un emploi du temps tracé au millimètre, que nous déroulions sans perdre une seule seconde. Une atmosphère de travail acharné régnait dans l'air du studio de danse. Même la transpiration avait une odeur lourde, presque métallique, signe que nous avions atteint l'épuisement. Il y avait ce paradoxe gênant entre la beauté du mouvement et la dureté de l'entraînement. Les sourires se mêlaient aux larmes, les pieds ampoulés à la grâce des pointes. Mais il fallait en passer par là pour obtenir cette légèreté sensible, cette grâce impalpable et cette liberté sur scène. Mme Oury était intransigeante sur le travail, et elle savait de quoi elle parlait. Même si elle avait rangé ses chaussons de danse au placard, ils brillaient encore dans ses yeux. Sa mémoire de ballerine, et cette sorte de drogue artistique, elle voulait nous les transmettre pour faire perdurer son art à travers nous. À ses côtés, et grâce à son enseignement, notre corps devenait une arme qu'il fallait sculpter pour obtenir cette légèreté sensuelle qui transparaissait au moment des chorégraphies. C'est ainsi que les entraînements devenaient des champs de bataille, où notre corps se transformait en machine de guerre. Il y avait une telle concurrence et une telle compétition que cela en devenait malsain. De toutes ses élèves, son attirance allait vers nous. Peut-être parce qu'elle se retrouvait dans notre façon d'agir, dans notre façon d'être. À la fin de chaque séance, affectueusement, elle nous prenait à part du groupe de ballerines et se laissait surprendre à nous raconter de petites anecdotes sur sa vie. À ce moment-là, ses exigences, sa dureté, mais surtout cet acharnement physique et ce harcèlement moral disparaissaient en un clin d'œil. Joséphine et moi avions cette capacité à décrypter ses humeurs et, malgré toute cette pression, nous gardions en tête le pacte que nous avions signé au début de notre rencontre, la promesse de ne pas salir notre amitié et d'être toujours là, l'une pour l'autre. ***Nous étions juste deux petites souris qui rêvions de devenir deux petits rats de l'Opéra.***

«La danse n'a plus rien à raconter, elle a beaucoup à dire!»

Maurice Béjart

104

2. À force de travail.

Quatre mois étaient passés sans que l'on s'en rende compte. Notre vie d'enfants n'existait plus, nous étions devenues des corps exposés à l'effort, à la douleur, jugées avec dureté par le cadre enseignant. Pourtant, nous étions des adolescentes tout à fait ordinaires, mais que la danse avait transformées en machines de travail. Les rivalités étaient notre quotidien, mais aussi notre moteur pour être là, les meilleures.

Les examens de passage s'enchaînaient et étaient de plus en plus exigeants et éprouvants. Il fallait se forger une volonté irréprochable, ne pas baisser les bras, se surpasser encore et encore, affronter la fatigue et les courbatures. Chaque jour était un éternel épuisement, et la souffrance, notre état d'esprit. Pourtant, dans les moments de doute qui pouvaient me submerger, je me demandais si la danse valait vraiment toute cette douleur. Mais danser était un vrai choix, pas un caprice. Alors je me dopais de motivation indestructible. Le jeu en valait la chandelle, et c'était reparti pour un rythme effréné. Chaque nouvelle journée devenait un challenge : ne pas se blesser, travailler sans relâche, et surtout viser la perfection. Mme Oury n'arrêtait pas de nous dire que seules les plus brillantes pouvaient espérer avoir un avenir dans le monde de la danse ; que l'apprentissage passait par la souffrance ; qu'il n'y avait pas de place au doute ; que ce monde était sans pitié ; qu'il fallait être prêtes à tous les sacrifices, et même à se voir brisées par la discipline.

Nous étions jugées tout le temps, aucun répit, il fallait toujours être au niveau, et bien plus encore. Rien n'était laissé au hasard, nos aptitudes naturelles, notre sens de la musicalité, notre rapidité d'assimilation des enchaînements…Tout ce travail de déplacement du corps était scruté, examiné, évalué, et nous devions être à la hauteur des exigences du cadre enseignant. Les pointes et les pirouettes s'enchaînaient, toujours à la recherche de l'équilibre parfait pour atteindre un rendu visuel harmonieux et chargé d'émotion, comme si l'on livrait son âme sur scène. La perfection était devenue notre ultime objectif.

Juste après les vacances de Noël, nous offrions à nos parents et à l'encadrement une représentation du ballet *Casse-Noisette*, un chef d'œuvre de Tchaïkovsky. Mme Oury adorait ce ballet féérique où tout n'était qu'émerveillement. Elle l'avait dansé il y a bien longtemps, mais en gardait un souvenir encore intense aujourd'hui. Mes premières répétitions, elles, avaient été catastrophiques. Je ne me sentais pas prête physiquement. Il me manquait cette assurance qui aurait rendu ma prestation légère, naturelle. Je ne savais pas si cela venait du fait que ma famille serait présente à la représentation, ou si j'avais simplement peur de me mesurer aux autres danseuses sur scène, face à un public. En tout cas, le doute m'avait envahie, et encore une fois, j'ai pu compter sur mon âme sœur. Joséphine était toujours là pour me remonter le moral. Elle était plus forte que moi et avait cette facilité à gérer la pression. Pour elle, ce n'était pas si grave, il fallait du temps, et je ne pouvais pas tout savoir faire tout de suite. Échouer, c'était tomber, mais aussi se relever, grandir. Avec son soutien, je repris vite confiance en moi, et mon travail en fut rapidement récompensé. Mes prestations sur scène devenaient de plus en plus raffinées, mes gestes sublimés, délicats comme des ailes volatiles. Je devenais légère, aérienne. La douleur, les doutes disparaissaient, je me sentais délivrée. J'acceptais enfin que mes émotions, ma vulnérabilité, puissent être des atouts. Et puis, c'était mon choix de vie. J'étais passionnée, déterminée à atteindre la plus haute des marches. Il fallait que je laisse au vestiaire mes états d'âme, ma pudeur, et que je devienne libre de m'exprimer, puisant dans la richesse de ma personnalité.

Mme Oury avait attribué les rôles. J'allais endosser celui de Clara, et Jo celui de la fée dragée. Deux beaux rôles, importants dans ce ballet. Cette histoire merveilleuse était très touchante, et je m'identifiais totalement à la petite Clara. Maintenant, il fallait être à la hauteur des attentes de Mme Oury.

Dans le même temps, à Vallon, tous étaient activement engagés dans les préparatifs pour leur venue à Paris. Mes parents, mes frères et Mme Garnier faisaient partie du voyage. Tous voulaient voir leur petite protégée réaliser son rêve. Les parents de Jo avaient gentiment proposé d'héberger ma famille durant ces trois jours, et ce n'était pas plus mal ainsi. C'était l'occasion de se rencontrer et de créer une amitié. Tous connaissaient le lien qui nous unissait, Jo et moi. Les parents de Jo avaient prévu quelques visites guidées de Paris. L'ambiance entre nos deux familles était très détendue et joviale.

Mme Garnier, pour sa part, allait en profiter pour rendre visite à sa famille parisienne.

Le jour de la représentation, l'atmosphère était électrique, tout tourbillonnait autour de moi. Le trac et les frissons qui m'envahissaient paralysaient mon corps. Mais je me devais d'être la meilleure pour ma famille. Je devais briller pour eux, prouver que leurs sacrifices, mes sacrifices en valaient la peine. À la fin de la représentation, ce fut une explosion de joie, de larmes et de fierté. J'avais donné le meilleur de moi-même, et cela s'était ressenti sur scène. Mes parents n'arrivaient pas exprimer quoi que ce soit, abasourdis par le spectacle. Mes frères avaient du mal à croire que, sur scène, c'était leur petite Lili, si frêle, si délicate, cette petite fille partie quelques mois auparavant. Mme Garnier, elle, n'était pas du tout surprise. Elle s'attendait à me voir épanouie dans mon art. Mme Oury, qui ne faisait jamais de compliments, émit un petit rictus d'acquiescement. Elle était fière du travail accompli, et son obsessionnelle exigence avait porté ses fruits.

J'avais tout donné, physiquement et même émotionnellement, pour être au plus juste de mon personnage. Le rendu en avait été magnifique presque inattendu. Je m'étais libérée de ce poids d'anxiété qui, jusqu'alors, érigeait des barrières invisibles mais tenaces. En lâchant prise, j'avais enfin cessé de me retenir, il n'y avait plus de peur du regard des autres, plus de doute parasite, seulement cette sensation rare d'alignement, comme si mon personnage et moi ne faisions plus qu'un. À cet instant précis, j'ai compris que cette vulnérabilité assumée était devenue ma plus grande force. J'étais lancée dans une trajectoire de perfection ultime. Quand quelque chose ne marchait pas comme je voulais, je travaillais jusqu'à l'épuisement. Je poussais mes limites au-delà de ce que mon corps pouvait encaisser. J'étais fatiguée, mais j'endurais la situation. Je noyais ma vie dans l'univers de la danse et la danse occupait l'intégralité de cet espace vitale.

Les mois passèrent, et le rythme n'avait pas perdu de son intensité. On était au mois de juin, les examens de fin d'année au pensionnat approchaient, et il fallait concilier cela avec la préparation d'un nouveau ballet *Roméo et Juliette*. Dans ce ballet, Mme Oury m'avait promue au corps de ballet, c'est-à-dire que je dansais les scènes de groupe au milieu des autres danseuses. J'allais bientôt avoir quinze ans, et je savais que je devais en passer par là pour arriver au sommet. Je travaillais toujours plus que les autres. J'avais cette envie de continuer à pousser le plus loin possible, quitte à me mettre en danger. J'écoutais avec rigueur et respect les critiques émanant de Mme Oury et je prenais des risques en les appliquant. Je torturais mon corps, mon âme, à la limite de la cassure. Mais j'étais jeune, je n'avais pas l'expérience nécessaire pour dire non. Il me fallait trouver le juste milieu entre le travail acharné et la technique, afin de ne pas sombrer dans un délabrement irréversible de moi-même, mettant en danger l'essence même de mon corps.

Les diplômes de fin d'année en poche, nous pouvions enfin nous consacrer uniquement aux ballets. Au fil du temps, je me sentais moins à l'aise, moins en adéquation avec les prétentions de Mme Oury. Elle voulait faire de moi son double, son objet, son arme, pour obtenir des félicitations. Mais moi, je voulais simplement danser et être libre de m'exprimer dans mon art, être moi, et pas elle. Et cela, elle ne le comprenait pas. Elle appartenait à cette école russe où tout marchait à la baguette, et cela ne me convenait plus. Ma vie ne consistait plus à être appréciée de tout le monde. Je m'efforçais désormais d'avoir le courage d'être moi-même, peu importe ce que les autres en pensaient. Je me trouvais dans une impasse, je me sentais étriquée, incapable d'accomplir pleinement mon rôle. Il fallait que je trouve une solution, et cette solution, c'était de partir à l'étranger, de chercher d'autres sources d'inspiration, d'autres directions à donner à mon art. Mon corps réclamait du renouveau, de la fraîcheur. Je n'avais plus besoin d'approbation, je voulais me sentir exister, dans et pour ma passion. Il fallait que j'apprenne à dire non et que je vive ma vie comme bon me semblait. C'est ainsi que je pris la décision de partir de l'Opéra du palais Garnier pour Londres, plus précisément pour le English National Ballet. Cette expérience d'un an allait m'offrir une aventure hors du commun, une approche plus moderne et plus accessible au public de la danse classique, un atout primordial pour atteindre mon but ultime de devenir danseuse de revue. J'allais avoir seize ans, et j'étais indépendante depuis trop longtemps pour ne pas prendre seule ma décision. Seule l'approbation de ma famille comptait, et elle me l'avait donnée. L'inconnu ne me faisait plus peur, et je suivais mon instinct, mon envie. À ma grande surprise, Joséphine, mon amie, ma sœur de cœur, était partante elle aussi. De toute manière, où que j'aille, elle me suivait, car la danse sans moi était inconcevable pour elle. J'étais devenue son moteur, la lumière qui la guidait. C'était décidé, nous vivrions encore ensemble cette nouvelle expérience.

Nous étions parties pour un an, et finalement nous y sommes restées deux ans. Comme personne ne me connaissait là-bas, je n'avais plus cette pression perpétuelle. Je prenais de l'assurance, ma tête et mon corps étaient devenus indissociables. Je me sentais plus mature, plus sage, plus adulte, sûrement.

La direction de l'English National Ballet avait vu en moi un fort potentiel. C'est donc tout naturellement que le chorégraphe me donna un premier rôle dans le ballet romantique de *Giselle*. Je pouvais le faire, j'en étais capable. C'était une immense responsabilité, beaucoup de travail, mais aussi une chance incroyable pour moi. Les échauffements, répétitions et spectacles s'enchaînaient. J'appréciais, au fur et à mesure, d'entrer dans ce personnage et de vivre chaque représentation comme si c'était la première. Je portais ce spectacle sur mes frêles épaules, et pour moi, c'était la consécration. Mon travail obstiné avait porté ses fruits. Je m'infligeais un régime digne des grands sportifs pour être la meilleure, encore une fois. Chaque soir de représentation, mes efforts se transformaient en une grâce pure, et mon personnage de *Giselle* s'en trouvait magnifié. Tchaïkovski déclarait à qui voulait l'entendre que c'était un bijou poétique, musical et chorégraphique. Il n'avait pas tort.

Dans le milieu, malgré mon jeune âge, je commençais à me faire connaître, et c'était plein de promesses pour la suite. Professionnellement, j'étais épanouie presque en transe. La scène me rendait belle, d'une beauté éphémère mais pleine de promesses. Sous les projecteurs, mon corps cessait d'être une contrainte, il devenait langage. Chaque respiration m'ancrait davantage dans l'instant, je n'avais plus besoin de me justifier, j'existais pleinement, habitée par mon personnage. Cette beauté ne m'appartenait que le temps de la danse, mais elle était sincère, née du lâcher-prise et de la vérité du geste.

Côté sentiments, je gardais enfoui le manque de ne pas avoir ma famille près de moi. C'était difficile. Le lien visuel était rompu. Seul le courrier, une lettre par mois, rendait cette séparation moins douloureuse. Les parents de Jo étaient venus deux fois à Londres. Prendre l'avion était un jeu d'enfant pour eux, alors que pour mes parents, prendre le train avait été pittoresque… alors l'avion, surréaliste. Cette séparation devenait pesante, et je réfléchissais à mon retour, à notre retour à Paris avec Jo.

3. Toucher les étoiles.

Paris, retour vers l'inconnu. La France, berceau historique de la danse classique. Le Bilan de ces deux années passées à Londres avait été très productif. L'inattendu, l'enthousiasme et le travail avaient été de puissants moteurs créatifs, des alliances hasardeuses qui m'avaient menée à un degré de perfection indiscutable et incontestable dans le métier. À Paris, tout était à reconstruire. Mme Oury n'était plus en poste. Elle avait été remplacée par Mr Hush, un chorégraphe allemand venu tout droit de l'Opéra de Berlin, intransigeant, sévère mais juste. Benjamin Hush était un de ces anciens danseurs qui avait gravi rapidement les échelons, sans jamais atteindre le sommet. Devenir danseur soliste resta son plus lourd regret. Son physique atypique ne le classait pas dans une catégorie habituelle. Il mesurait 1m90, ce qui était assez déstabilisant dans le milieu. Pourtant, il possédait une aura hypnotique et palpitante qui lui conférait une belle allure. C'était un jeune homme discret et pudique, mais d'une beauté physique en accord avec son naturel. Ses qualités lui avait permis de s'imposer dans l'élite de la danse, sans aucune équivoque. Sa force mentale, son imagination et sa créativité constituaient ses atouts majeurs. Son entrée dans le monde de la danse avait été presque héréditaire, en effet son père et sa mère étaient des danseurs reconnus de l'Opéra de Berlin, et il enfila ses premiers chaussons dès l'âge de cinq ans comme une évidence. En 1940, ses parents avaient dû fuir l'Allemagne nazie et s'étaient retrouvés cachés en Suisse, chez leur famille, car leurs origines juives constituaient un danger pour eux. À la fin du conflit de la Seconde Guerre mondiale, leur retour au pays fut empreint d'une nostalgie cruelle. L'Opéra avait été totalement détruit par un bombardement aérien en novembre 1943. La compagnie avait dû déménager à Berlin-Ouest et s'installer au Theater des Westens. C'est là que Mr Hush fit ses premiers pas de danse. Il y a sublimé la scène pendant de nombreuses années. Son arrivée à Paris présageait un bel avenir, autant pour lui que pour la troupe.

C'était un bonheur avéré d'être auprès de lui. Il avait cette envie époustouflante de nous magnifier par sa vision d'une interprétation juste et puissante, et d'éclairer notre esprit pour mener à bien le combat sur scène et défendre nos libertés d'expression. Cela me faisait énormément de bien de vivre tout cela, après tant de sacrifices. Son sens de l'écoute, sa générosité, son goût pour les choses bien faites qu'il nous transmettait, resteront à jamais ancrés en moi. Mr Hush avait su créer une cohésion et une intelligence artistique, nous donnant envie de danser pour soi, mais surtout pour le groupe. Il savait communiquer cette haute ambition : celle de vivre ensemble et de danser ensemble.

Avec Jo, on préparait le concours de Paris, car après notre départ deux ans plus tôt, nos places n'étaient plus légitimes. Il fallait prouver notre retour dans le corps de Ballet, et surtout, viser le grade prestigieux de danseuse classique. Le jour de l'examen, je m'étais préparée comme les jours précédents, sans m'inquiéter, juste avec cette envie de danser. On s'était dit : «ça passe ou ça casse», et encore une fois, ça a passé pour nous deux. Mais cette journée avait été la pire de ma vie, une ambiance désagréable, une tension palpable entre les danseuses, une journée où tout pouvait basculer, dans le bien comme dans le mal. Pourtant, c'était l'occasion d'être seule sur scène et de montrer de quoi j'étais capable. La lumière sur soi, pas la moindre place à l'imperfection, surmonter sa peur à ce moment si crucial de sa carrière, et être la meilleure.

À 18 ans, j'étais première danseuse à l'opéra de Paris. C'était inimaginable, mais je ne devais pas perdre de vue mon objectif : devenir étoile. Je savais que le chemin restait long, difficile, mais réalisable. Ce n'était plus une image inaccessible, mais une réalité. Il ne restait plus qu'à travailler encore et encore. Il n'y avait plus de concours à passer, mais nous étions jugées sur le moindre petit geste. Les répétitions constituaient des défis tangibles, toujours poussés un peu plus loin. Mais cela faisait partie de notre quotidien depuis des années. Nous préparions un ballet, *Le Lac Des Cygnes*, un mélange captivant de romance, de tragédie et de magie : une véritable quête amoureuse. Et comme un malheur pouvait cacher un bonheur, j'avais dû remplacer au pied levé la danseuse étoile blessée. Ni une, ni deux, Mr Hush me propulsait sur le devant de la scène. J'endossais les rôles d'Odette, le Cygne Blanc et d'Odile, Le Cygne Noir. Je me retrouvais face à un rêve tout neuf que je n'avais pas envisagé à ce moment précis. Et contre toute attente, j'acceptai ce magnifique défi. Ce n'était pas le moment de flancher, d'échouer si proche du but que je m'étais fixé.

Le soir de la première, j'avais tout donné, je m'étais laissée envahir par cette histoire, les larmes aux yeux, et j'avais porté mes personnages à l'excellence. Mr Hush avait réussi son pari, et moi, j'étais sur un petit nuage. À la fin du spectacle, quand la directrice de la danse de l'Opéra monta sur scène, je sentis ma gorge se nouer. Elle s'apprêtait à nommer quelqu'un… et à part moi, qui d'autre ? J'entendais à peine les mots qui sortaient de sa bouche. Sourde et étourdie, à la limite du malaise, j'étais dans une bulle hermétique, impénétrable. Et puis la consécration, ce moment si attendu par toutes les danseuses : j'étais nommée danseuse étoile. Un bonheur absolu, une joie unique, une euphorie intérieure indescriptible. J'en avais rêvé depuis si longtemps, j'avais espéré en silence, et j'avais enfin réussi. C'était énorme. Le moment d'une vie. Maintenant, j'allais pouvoir briller autrement. J'avais atteint le grade suprême, j'accédais à l'élite du monde la danse. Mais ce soir-là, le plus important était de dédier cette victoire à ma famille. Et comme un miracle n'arrive jamais seul, ils étaient dans la salle. Joséphine les avait prévenus que quelque chose se tramait et qu'il serait préférable qu'ils soient là. Jo avait eu encore une bonne intuition. Je vivais un moment mémorable, et le partager avec eux était mon souhait le plus cher. Après tous les sacrifices qu'ils avaient faits, j'étais en mesure de leur offrir ce moment magnifique à vivre et à fêter en famille. **_Encore merci, Jo._**

Le cours de ma vie allait changer radicalement. Ce pouvoir me conférait une certaine liberté, et c'était arrivé au bon moment, pour stimuler ma motivation mise à mal par tant de souffrances. Cette récompense m'avait rempli de paix et de sagesse. Le moment était propice pour regarder en arrière, voir tout ce que j'avais accompli et ne pas en rougir. Il est des moments où les rêves les plus fous semblent réalisables, à condition d'oser les tenter.

4. Émancipation.

Depuis mon départ de Vallon-Pont-d'Arc, je vivais une véritable métamorphose, autant physique que mentale. Mon entrée dans la vie Parisienne avait été un réel traumatisme, aussi brutal qu'inattendu. Il fallait que je réinvente mes repères et que je m'inflige une ligne de conduite stricte pour ne pas sombrer dans la dépression et la solitude. J'avais été jusqu' alors surprotégée par ma famille et je me retrouvais noyée en une fraction de seconde dans ce monde en effervescence et brutal. Ces deux mondes, rural et citadin, étaient en complète opposition. Les codes avaient changé et c'était à moi de m'y adapter et de m'en satisfaire. Le regard des autres ne me dérangeait pas plus que ça. J'étais différente mais s'adapter voulait dire aussi changer. Je n'étais plus la petite fille innocente qui courait cheveux au vent dans les ruelles de Vallon-Pont-d'Arc, mais une jeune fille en pleine éclosion avec un fort caractère. Avec du recul, je jugeais que ce tournant de ma vie serait bénéfique et que, si je laissais de côté tous mes a priori et mes peurs, je le vivrais sans retenue et passionnément. La vie s'ouvrait à moi, elle était une succession de rebondissements, des rencontres qui ne s'oublient pas, des blessures qui vous font grandir. Il me restait à écrire la suite et à l'affronter avec détermination. Être faible n'était pas cohérent avec ce que je voulais vivre et je ne ménageais pas mes efforts pour y parvenir. Je m'étais imposée de vivre sans demi-mesure, sachant qu'il valait mieux avoir des remords que des regrets et que le fait même d'essayer était une victoire personnelle et éclatante. Cette bataille, je méritais de la gagner.

Je ne voulais pas ressembler à ces personnes sans visage, sans pensée, perdues dans un monde qui les rejetait. Je voulais être moi, moi avec et contre ce monde. Une femme libre, et l'époque s'y prêtait : on était en 1968.

Dans les années après-guerre, être née fille était compliqué, car la place de la femme était encore bien réduite au sein d'une société à domination masculine Le carcan patriarcal, très ancré dans la famille, ramenait la femme au simple rôle d'épouse ou de mère. Le père restait le chef de famille. Le droit de vote en 1944 et la possibilité pour une femme d'ouvrir un compte bancaire à son nom en 1965 étaient déjà les premiers pas vers une indépendance méritée. Mais les femmes voulaient tout simplement l'égalité en tous points. On allait pouvoir dire qu'il y avait eu un avant et un après Mai 68. Les femmes revendiquaient des droits, et pas seulement des devoirs. Elles commençaient à se préoccuper de leur propre sexualité et de leurs désirs. La légalisation et la vente de la contraception, la pilule remboursée par la sécurité sociale, leur avaient permis de disposer librement de leur corps. Bien des tabous étaient levés à ce moment-là. Et c'était de bon augure pour faire voter la loi sur le droit à l'avortement. Un grand merci à Simone Veil, icône de la lutte contre la discrimination des femmes en France, qui a su par sa persévérance affronter à cette époque un gouvernement réticent à cette loi.

Jo et moi n'étions pas du tout dans ce schéma familial. On avait toutes les deux été élevées dans des familles permissives, tolérantes, où on ne nous parlait pas d'inégalité, mais d'amour et de respect. Elles nous avaient fourni un soutien émotionnel, une discipline et les valeurs essentielles à notre éducation.

5. Mai 68.

À Paris, la situation commençait déjà à se dégrader. On prenait de plein fouet les mouvements protestataires. Pour la première fois de ma vie, j'entendais parler de politique, de conditions de vie, de liberté de pensée, de liberté sexuelle, d'égalité homme-femme, etc…

Jusqu'alors, épargnée dans ma bulle à Vallon, novice en la matière, je m'imprégnais de tous ces discours. Bien sûr que c'était difficile de tout comprendre, de tout assimiler, de s'identifier, mais je sentais que cela allait avoir de l'importance dans un avenir très proche. Avec Joséphine, on suivait de très près tous ces événements. On entrait dans cette dynamique où la société connaissait une pleine révolution économique, culturelle et sociale.

Au pensionnat, rien ne paraissait vouloir changer. Tout y était resté figé depuis trente ans. Les enseignements et l'éducation méritaient un grand coup de dépoussiérage. À l'extérieur, on sentait bien que l'atmosphère commençait à se charger de violence. La jeunesse revendiquait des valeurs différentes de celles des générations précédentes, et il était temps que les choses changent réellement. La jeunesse ne voulait rien faire d'autre que d'exister dans un monde voulu meilleur. Les mécanismes sociétaux tels qu'ils étaient à ce moment là ne correspondaient plus à ses attentes. On entendait parler de révolte sociale, culturelle, de remise en question des autorités et des traditions. La jeunesse voulait faire entendre ses besoins, ses volontés et son libre choix.

On était dans une période mouvementée, tourmentée, où, par la force des choses, tout n'était que changement. Avec la Nouvelle Vague au cinéma, cet apport de fraîcheur, de liberté, de créativité, on vit apparaître de jeunes réalisateurs qui n'eurent pas peur de parler de la vraie vie, de sujets forts et controversés. La musique, avec le mouvement Yéyé, grâce à des artistes tels que Johnny Hallyday, Sylvie Vartan, Françoise Hardy, Claude François etc., captivait la jeunesse de l'époque avec leurs chansons entraînantes et leurs danses envoûtantes. Puis apparurent les hit-parades et les nouveaux courants musicaux américains et anglais : The Rolling Stones, The Beatles. La mode, avec le lancement du tailleur-pantalon, fut un véritable symbole de modernité féminine. Et puis on était dans cette spirale américaine où le mouvement avait pris une telle envergure qu'il aurait été impensable de ne rien faire de notre côté.

Le chemin qui nous menait du pensionnat au Palais Garnier devenait dangereux à parcourir à pied. Les manifestations éclataient de plus en plus violemment dans les rues, marquant l'explosion de la contestation étudiante. Les murs étaient recouverts de graffiti et d'affiches, et les tracts circulaient pour rallier le plus grand nombre à la cause. Le mouvement étudiant représentait un véritable casse-tête pour un gouvernement resté inflexible, cimenté dans une France traditionnelle et conservatrice, et attaché aux anciennes valeurs, aux mœurs d'un autre temps. Parallèlement, une révolte des travailleurs se mettait en place, réclamant un meilleur pouvoir d'achat et de meilleures conditions dans les usines. Ces deux mouvements combinés mettaient à mal l'économie et plongeaient le pays dans un chaos financier. Paris se transformait en une immense scène de manifestations et d'affrontements avec la police. Cette violence ne fit qu'aggraver une situation déjà compliquée. Malgré notre jeune âge, nous nous identifions bien évidemment à ce mouvement. La jeunesse revendiquait simplement plus de considération et les moyens de se construire un futur meilleur. Le désir d'être compris et reconnu animait toute une génération.

Même si Mai 68 n'a pas renversé le pouvoir politique en place, ce mouvement fondateur a profondément marqué les mentalités, les rapports sociaux .Pour beaucoup, Mai 68 restera le symbole d'une jeunesse qui refuse de subir et veut être actrice de son avenir. ***Un pavé dans l'histoire et ce n'était que le commencement d'une nouvelle ère.***

La nuit des barricades.

Il est interdit d'interdire!

La réforme oui, la chienlit non!

Un préambule à une vraie rupture.

6. Parcourir le monde.

J'avais atteint le sommet de mon art à Paris, lieu incontesté de la danse, qui reflétait cette tradition de l'excellence, et je m'y sentais enfin bien. La troupe vivait comme une grande famille. J'aimais cette promiscuité et ce lien d'amitié qui y régnait. Depuis ma nomination, la vie à l'Opéra de Paris était beaucoup plus libérée, je n'avais plus à préparer les concours de promotion, et je n'étais plus dans cette compétition perpétuelle. Je savais à l'avance dans quel ballet j'étais programmée et quel soir je jouais. Une tournée internationale était prévue, mais je n'avais aucune idée des dates exactes. J'avais donc envisagé un éventuel retour en Ardèche avant mon départ, mais tout s'accéléra à cause d'un fâcheux concours de circonstances et une erreur de date qui fit avancer mon départ d'un mois. Mon retour à la maison fut annulé à mon grand désespoir. J'étais censée m'absenter trois mois, trois mois durant lesquels je devais jouer dans différents lieux magnifiques aux quatre coins du monde, avec Le voyage d'hiver de Franz Schubert, une œuvre racontant la marche hypnotique d'un voyageur solitaire qui s'aventure dans la neige pour se débarrasser de son amour perdu. Notre périple commença à Bucarest, à L'Athénée Roumain, suivi du Teatro della Scala à Milan, du Théâtre Bolchoï à Moscou, du Teatro Amazonas au Brésil, du Métropolitan Opéra à New York, pour finir au Royal Opéra House à Londres, lieu qui me rappelait mes deux années passées là-bas. Le programme était très intensif, pas le temps de réfléchir à autre chose qu'au travail, et encore moins de poser ses valises entre les répétitions et les représentations. Visiter était inconcevable. De tous ces pays, je ne retenais que leur théâtre. J'avais cette frustration de parcourir le monde comme une aveugle. C'était une sensation étrange, presque indécente, de fouler la terre d'un pays sans s'intéresser à sa culture ni à sa population. J'osais penser qu'un jour, je m'offrirais des vacances pour en profiter, pour en apprécier les paysages. Pour l'heure, mes voyages se résumaient à des décors somptueux de scène, des lustres scintillants, des tapis de velours noirs ou rouges, des loges mythiques, des lieux chargés d'histoire architecturale et musicale. Vivre avec ces frustrations n'était pas du tout enrichissant, et cette tournée devenait pesante et éreintante. Mais heureusement, sur scène, je me sentais à ma place, vivante. Je comprenais pertinemment que cette tournée était indispensable à ma carrière. Faire voyager notre art, notre savoir-faire français, était nécessaire à sa pérennité. Je réalisais aussi que c'était le revers de la médaille pour se faire reconnaître dans ce milieu.

À notre retour à Paris, ces trois mois n'avaient été qu'une succession de valises à faire et à défaire, rythmée par la danse. J'avais avalé les kilomètres sans aucune joie d'évasion. Pourtant, ne dit-on pas que les voyages forment la jeunesse et que c'est en allant à la rencontre d'autrui que l'on s'enrichit ? Nous, au contraire, nous vivions ce périple en autarcie complète, comme un bandeau sur les yeux, aveuglées par le travail, sans aucune notion de plaisir ni d'errance vers d'autres horizons. Ce n'était pas cela, prendre la vie du bon côté. À cet instant, je subissais plus que je n'appréciais, et cela me contrariait fortement. Je commençais enfin à me poser de vraies questions.

«La pensée naît du doute.»

Laurent Genefort

7. Plumes et paillettes.

La danse classique, c'est un métier qui commence tôt et qui finit tôt. Il faut aller le plus haut possible, le plus vite possible. J'y avais perdu mon adolescence et une partie de ma vie de jeune femme. J'avais atteint le sommet de mon art en quelques années, et j'en étais fière. J'avais vécu de merveilleux moments sur scène, interprété de grands rôles du répertoire classique et romantique. Et surtout, je n'avais aucun compte à rendre à personne. Je méritais mon titre de danseuse étoile. Mais après toutes ces années de pratique, la danse était devenue indéniablement une routine, une lassitude. J'étais toujours irréprochable sur scène, mais je prenais de moins en moins de plaisir à danser de cette façon. Bien sûr, j'étais connue et reconnue dans le milieu, mais la danse classique m'avait mise sous cloche. Et moi, j'avais besoin de prendre l'air, de me dévoiler sous un autre angle. Je sentais ma flamme intérieure s'éteindre lentement, et je n'étais pas résolue à me laisser envahir par ce mal-être. Je réfléchissais sérieusement à oser devenir celle que j'avais rêvé d'être. Chaque chapitre de ma vie avait compté, et celui-ci, je devais le refermer pour en ouvrir un autre. Il ne faisait aucun doute que c'était en tournant la page qu'on découvrait le plus beau des chapitres. Je ne rejetais pas le passé, mais je souhaitais faire de la place pour l'avenir. Et mon avenir, je savais quoi en faire. **Devenir meneuse de revue.** On approchait des années quatre-vingts, et j'avais envie de donner une orientation différente à mon métier. J'allais me servir de la danse classique comme d'un tremplin. J'aspirais à plus de théâtralité. Mon statut de danseuse étoile m'avait libérée d'une certaine pression, de cette rivalité pesante. J'étais libre de penser à autre chose. Pendant cette période, pour mettre toutes les chances de mon côté, j'en profitai pour me perfectionner, étudier le chant et prendre des cours de comédie. J'étais armée pour affronter ce nouveau défi. En fin de compte, la danse classique était devenue trop étriquée, trop codifiée pour moi. En vieillissant, j'avais besoin de liberté, d'expression, de fantaisie, d'excentricité, d'originalité, d'imprévu tout simplement. Je cherchais un côté plus spectaculaire, un lieu favorisant la création artistique.

Un soir de représentation à l'Opéra de Paris, une rencontre inattendue précipita ma destinée. Mr Henry, directeur du Moulin Rouge, était à la recherche de sa future meneuse de revue pour son prochain spectacle, *Frou Frou*. Il avait cette capacité innée d'être à l'affût des nouvelles tendances, avec un sens de l'esthétisme et de la ténacité qui le rendait incomparable dans le milieu. Il fonctionnait souvent à l'instinct, ce qui lui permettait de découvrir, au hasard de ses rencontres, ses futures vedettes. Son engagement indéfectible envers les artistes faisait de lui une personne ouverte, à l'écoute et bienveillante. Il avait formé et accompagné de nombreux artistes, leur transmettant son amour inconditionnel pour la danse et le spectacle. Il avait ce don du partage. Tout le monde s'accordait à dire de lui qu'il était un magicien du spectacle. Il porta son choix sur moi. Il semblait comprendre qui j'étais et ce dont j'avais envie.

Ma carrière de meneuse de revue était lancée…

Le music hall s'inscrivait comme un compromis idéal, un lieu de transmission de savoir et de rencontre car les danseurs et danseuses venaient d'horizons divers, apportant chacun des expériences enrichissantes. Après quelques formalités administratives de départ, je m'apprêtais à vivre un virage décisif dans ma vie. Les adieux, ou plutôt les au revoir, n'en étaient pas vraiment, je ne quittais pas Paris, mais je voguais vers d'autres aspirations. Et puis le lien avec Jo restait intact, puisque celle-ci avait été nommée danseuse étoile à son tour.

Notre pacte tenait toujours, être là l'une pour l'autre.

Mon arrivée au Cabaret du Moulin Rouge, cette célèbre salle au pied de la butte Montmartre, fut glaçante. Mon corps tout engourdi avait du mal à se déplacer. En avançant dans ce hall grandiose, je ressentais toutes les émotions qui tapissaient l'espace. Les toiles tendues aux plafonds, rouges et blanches, rendaient hommage au passé circassien du lieu. Les petites lampes sur les tables donnaient un air de guinguette. Malgré cette première impression, c'était un endroit où je me sentais enfin à ma place, un lieu symbolique et incontestable de Paris, à l'image de la Tour Eiffel. Au travail, je n'étais pas perdue, les journées étaient rythmées par les répétitions, les échauffements et le renforcement musculaire, mais tout était laissé à l'inspiration des danseuses. Pas de programme imposé, juste une liberté qui ouvrait et désinhibait. Cela créait une attitude confiante, plus affichée, qui se reflétait dans les représentations et dans les rapports entre nous. J'adorais cette atmosphère, je me sentais plus dans la compréhension que dans la soumission.

Dans les coulisses avant le spectacle, une joyeuse féerie planait. Chacun, à sa manière, était libre de laisser courir son imagination. Les coiffures, les maquillages et même les costumes étaient une affirmation de la personnalité de chacun. Chaque soir, les artistes se métamorphosaient, devenant méconnaissables. Dans ce contexte, je retrouvais enfin ma vraie nature. J'avais éclos comme une fleur au printemps, et mon corps revivait, s'exprimant plus naturellement. L'excitation était à son comble ; je ressentais déjà l'effervescence dans la salle. Les lumières s'éteignaient, et c'était l'entrée des artistes sur scène. C'était un tableau animé de strass, de plumes, de paillettes et de costumes hauts en couleur. Le spectateur en prenait plein les yeux et les oreilles. Pour moi, cette scène représentait une forme de délivrance, une renaissance. J'étais emportée par une fièvre divine et céleste. Une heure et demi de spectacle enchaînait les différents tableaux de la revue, les changements de costumes s'opéraient avec une rapidité digne d'une formule 1, et chaque performance offrait du plaisir tant aux danseuses qu'au public. Que du bonheur!

Et chaque soir, comme le voulait la tradition, le spectacle se terminait par le célèbre French Cancan, danse féministe, véritable symbole du cabaret depuis plus de cent ans. Sept minutes de pure folie, de chaos sur scène, de cris stridents, de jupons virevoltants et d'acrobaties. Le show s'achevait dans un tourbillon de plumes et de strass, laissant le public ébloui et émerveillé. Le pari était gagné, un authentique travail de créateur de magie orchestré pas toute la troupe entière.

J'étais heureuse.

Chapitre 4

Le retour aux sources.

1. L'annonce.

J'avais donné vingt ans de ma vie à la danse.

Vingt ans à parcourir le monde sans poser ma valise nulle part.

Vingt ans à rester au sommet de mon art.

Vingt ans à ne jamais me plaindre du rythme effréné des entraînements, des répétitions, des représentations.

Vingt ans à mettre ma vie sentimentale de côté.

Vingt ans à souffrir en silence, en me disant qu'il fallait en passer pas là.

Vingt ans à ne penser qu'à danser, oubliant tous les autres plaisirs de la vie.

Et surtout, vingt ans passés loin de ma famille.

Nous étions au début du mois de septembre 1984. Le monde avait changé sans que je ne m'en aperçoive. Je vivais tellement dans une bulle que j'en fus surprise. Les années 1980 étaient marquées par des changements sociétaux importants. Les développements technologiques avaient envahi nos maisons et amélioraient le quotidien ainsi que le style de vie des familles françaises. Les avancées médicales, comme la première transplantation cardiaque, avaient redonné espoir aux malades. Le sordide SIDA assombrissait l'avenir sexuel de la jeunesse mondiale. L'abolition de la peine de mort redonnait une face humaine à la justice. La semaine de 39 heures dégageait un peu plus de temps pour les loisirs. Et l'explosion artistique, accompagnée de la libéralisation de la radio et de la télévision rendait la culture accessible à tous.

J'étais décalée, bien trop décalée dans ce nouveau monde. Je ne faisais pas partie de cette génération de Baby-boomers qui avait, en si peu de temps, été confrontée à une multitude de changements. On vivait dans une ère sans limites, des années d'insouciance et de liberté qui mettaient un point final au traumatisme des deux guerres et aux périodes de reconstruction. Le bilan était sans équivoque, je n'avais vécu que pour la danse, et ces vingt dernières années s'étaient écoulées sans que je ne lève les yeux, sans que je regarde réellement ce qui m'entourait. J'étais à bout de force, épuisée en profondeur. Je n'avais plus les ressources intérieures pour continuer. Danser devenait un supplice, et je ne voulais pas que cela arrive. Je voulais garder intacts tous ces merveilleux souvenirs qui avaient marqué ma carrière. Depuis l'âge de sept ans, la danse habitait toutes mes pensées, mes jours, mes nuits sans relâche. J'étais calquée sur mon rêve et mon envie de le vivre pleinement. Mon rêve, c'était de donner le meilleur de moi-même. J'avais puisé au-delà de mes forces. Le chemin n'avait pas été un long fleuve tranquille. Mes rêves, en réalité, avaient demandé beaucoup de travail, de sacrifices. Mais réussir avait incontestablement donné un sens à ma vie. J'arrivais au bout du chemin. J'étais dans un tunnel dont je ne voyais pas la sortie. Je me rendais compte que j'étais en pleine réflexion Vivre sa vie, c'était aussi se perdre, reprendre du temps pour soi, se retrouver. Il était grand temps de m'écouter, de m'occuper de ma santé, d'appendre à m'aimer, d'avoir simplement du temps pour moi et surtout ma famille.

J'étais arrivée à un stade de ma vie où je me sentais bloquée, et j'avais l'impression de perdre ma motivation, sans en connaître la véritable raison. J'avais été aspirée par la spirale de la notoriété, ce monde de paillettes. Le doute s'installait dans mon esprit, et faire mon choix, le bon choix était devenu un vrai dilemme.

Stopper ou continuer ?

Et puis, comme un signe du ciel, la réception d'une carte postale en provenance de Vallon-Pont-d'Arc allait changer la donne. Abel et Adrien m'expliquaient avec des mots simples que papa était malade, gravement malade. J'ai compris à cet instant précis qu'ils m'avaient une fois de plus protégée, mais que désormais le temps pressait et que me dire la vérité était la meilleure solution. Un mot, un seul, et ma vie venait de prendre un tout autre tournant. La maladie du siècle venait de dévaster mon équilibre. Papa avait un cancer, un cancer de la gorge. Je n'arrivais pas à l'accepter.

Ce jour-là, j'étais seule dans mon petit appartement parisien, rue Montmartre. À la lecture de la carte postale, mon esprit fut anesthésié, comme si les mots ne parvenaient plus à m'atteindre, comme si je les rejetais un par un, comme s'ils sonnaient faux dans mon esprit.

J'étais devenue une pauvre petite chose meurtrie. Puis vinrent les pleurs, les cris et une tristesse inexplicable qui, au fil des secondes, se transformèrent en une rage, une colère d'injustice. Pourquoi ? Pourquoi lui ? Papa n'avait jamais fumé. Il avait eu une vie plutôt saine. Le travail aux champs l'avait usé physiquement, mais rien d'alarmant. Dans mes souvenirs, il était un homme robuste et vaillant. Et puis un sentiment de culpabilité m'envahit. J'étais partie depuis si longtemps, sans jamais me soucier qu'un jour il aurait pu lui arriver quelque chose de grave. Je le croyais si fort, presque invincible, que j'en étais abasourdie, anéantie, dévastée, démolie. Il était grand temps, à mon tour, de prendre soin de lui et de profiter des derniers instant de sa vie. Sans réfléchir, le lendemain matin, j'étais assise dans le train en direction de Vallon-Pont-d'Arc. Durant tout le trajet, mes yeux restèrent embués de larmes. J'avais la gorge nouée et les mains tremblantes. Mon esprit était en ébullition. Tous mes souvenirs d'enfance remontaient à la surface. Tous ces moments joyeux, pleins de tendresse, ressurgissaient comme une vague déferlante qui se brise sur les rochers. Et là, on m'annonçait que mon héros était gravement malade et qu'il allait mourir. J'étais anéantie, envahie d'un silence que personne n'entendait. Dans ce train, je comprenais que ce que je vivais n'était pas seulement de la tristesse, mais une déchirure profonde. Toutes les questions que je me posais avant mon départ de Paris s'étaient envolées en confettis. Une seule chose comptait à mes yeux, être avec Papa.

Arrivée en gare de Voguë, Abel et Adrien, les inséparables, m'attendaient sagement dans la Dauphine de papa, fraîchement briquée. Sortie de la grange pour l'occasion, elle brillait presque de fierté. J'embrassai avec tendresse mes frangins, puis le silence s'installa. Le trajet se déroula sans un mot. Chacun était plongé dans des pensées sombres. Une profonde tristesse nous envahissait, et pour ma part, je refusais de croire que mon père puisse être malade.

Papa nous attendait sur le pas de la porte. Il était amaigri, si pâle, mais souriant, ne laissant rien paraître de son état. Nos retrouvailles intenses se terminèrent dans un abondant flux de larmes, d'embrassades et d'enlacements. Tout ce temps passé si loin l'un de l'autre n'avait pas altéré notre amour. Après les larmes vinrent les sourires, heureux d'être à nouveau réunis. Mes jambes me portaient à peine, mes mains étaient moites, mon cœur battait la chamade. Je bouillonnais intérieurement, mais il fallait que je reprenne le dessus pour épauler au mieux mon père dans sa maladie. J'étais en colère contre moi-même et contre la cruauté de la vie, moi qui brillais au firmament et papa qui brûlait à petit feu. Il fallait gérer comme on pouvait, j'avais fini par accepter que ces épreuves douloureuses fassent partie de la vie, de ma vie. Et cette épreuve, je devais la traverser sans faiblir, sereine, pour n'en garder que le meilleur : être avec Papa. C'est ainsi que j'ai pu dépasser la peur de la mort. Les jours suivants mon arrivée se passèrent dans un calme flottant. Une valse de silence, où seuls les regards en disaient long. Nos conversations se résumaient à des battements de cœur et à des respirations profondes. C'était comme si le temps s'était suspendu à notre douleur et nous laissait l'espace d'écrire enfin la fin de notre histoire avec notre père.

La douleur ne s'efface pas, elle s'apprivoise.

On se serait cru dans un film muet de Charlie Chaplin, où les gestes, les mimiques, les décors en disaient plus que n'importe quel dialogue.

2. Ce qui nous reste de bonheur.

J'avais retrouvé mes marques, mes habitudes de petite fille. Ma chambre était restée identique à celle que j'avais laissée vingt ans plus tôt. Il y avait encore cette odeur de lavande séchée et de bois d'ébène, et même ce vieux nounours en peluche borgne. Dans les champs, tout le monde s'affairait comme des fourmis. Les vendanges se préparaient. On récoltait les dernières pommes, les poires, et les fourrages pour les bêtes étaient rentrés dans les granges. Abel et Adrien avaient, depuis quelques années, orienté leur production vers des produits à plus forte valeur ajoutée. C'est ainsi que la bastide était désormais entourée de marronniers et de noyers. Grâce à leur importante production, ils avaient dégagé des revenus plus conséquents, ce qui avait permis à mon père de lever le pied dans l'exploitation. C'était de bon augure, car j'avais en tête des milliers de choses à réaliser avec lui, comme écrire les dernières pages du livre de sa vie.

J'étais en âge de comprendre que le vrai luxe de la vie, c'était la liberté de faire ce que l'on voulait, et à cet instant, cela prenait tout son sens à mes yeux. Maman avait compris très vite que j'avais besoin de remonter le temps, de retrouver la petite fille qui sommeillait en moi, que ces derniers moments passés avec mon père étaient plus que vitaux pour la suite de mon existence. Petit à petit, des rituels s'étaient installés. Les matinées tranquilles à écouter du jazz sur la terrasse, bercés par un soleil doux ; des discussions profondes, intimes, où l'on refaisait le monde à notre manière ; et puis ce plaisir incommensurable d'être ensemble, de savourer nos silences. À ses yeux, j'étais encore sa petite fille, son bien le plus précieux. Ce cheveu dans la soupe, arrivé par surprise, avait pourtant illuminé sa vie. Auprès de lui, plus rien n'était important. Je pouvais redevenir l'enfant fragile que j'étais, sans qu'il me juge. Il avait ce don de me faire rire, même lorsqu'il était au plus mal. Je sentais que ma présence, ici et maintenant, rendrait son quotidien plus léger, et qu'il était heureux que je sois là pour l'accompagner vers son dernier souffle. Les souvenirs remontaient à la surface, au point de m'en tirer les larmes. C'était comme remonter le temps, tout se bousculait dans ma tête. Les traitements étaient lourds, et nous savions pertinemment qu'ils étaient peu efficaces au stade où en était son cancer. Mais ils lui apportaient un certain confort, nécessaire pour affronter l'idée de la mort. Papa ne voulait pas aborder les conditions de sa fin de vie, et nous respections son choix.

Mais que faire quand le moment viendrait ?

À y réfléchir, il avait raison. Il fallait profiter du moment présent, sans penser au lendemain.

Les jours passaient, et, bizarrement, une atmosphère légère se répandait dans la maison. Toute la famille était d'humeur joyeuse. Mon père faisait preuve d'une dignité et d'une force extraordinaire face à la maladie. Grâce à ma présence, il l'affrontait de front. Il voulait remplir ses derniers jours de toutes ces petites expériences simples qui faisaient autrefois le quotidien de notre famille, avant mon départ pour Paris. Pour remonter l'horloge du temps, nous avions décidé de refaire toutes ces choses ensemble, sans penser aux lendemains : dormir à la belle étoile dans un champ de coquelicots, aller à la pêche aux écrevisses, traverser les champs en tracteur les nuits de pleine lune, écouter les chants des alouettes, etc. Grâce à lui, nous étions en train de nous fabriquer de merveilleux souvenirs, des moments précieux gravés à jamais. Parfois, je le regardais longuement, juste pour graver ses traits dans ma mémoire, ne pas oublier la beauté de son visage vieilli, et conserver dans un coin de mon esprit la douceur de sa voix.

Deux mois s'étaient écoulés. Papa allait de plus en plus mal. Je le voyais s'éteindre lentement. Son énergie s'était perdue. À cause de la maladie, il disparaissait dans le moindre petit geste de la vie de tous les jours. Mais il voulait rester digne jusqu'au bout. Très jeune, il avait été responsable de sa vie ; il voulait l'être aussi de sa mort. Et surtout, il ne voulait pas laisser de lui une image affaiblie, dégradée. J'entendais son souffle diminuer, sa voix s'enrouer, me dire que la fin approchait. Il m'offrait une véritable leçon de vie.

«On n'est jamais heureux que dans le bonheur qu'on donne. Donner, c'est recevoir.»

J'adorais cette citation. Elle prenait tout son sens dans ce contexte douloureux.

La mort de mon père fut mon premier chagrin d'amour. L'avoir perdu avait laissé un trou béant dans mon cœur. Mais au plus profond de moi, je savais qu'il n'aurait pas aimé que je me lamente. Il avait été si fort ces deux derniers mois que je me devais de l'être aussi. Je devais accepter la souffrance sans me sentir coupable de quoi que ce soit. Il était parti serein, entouré de sa famille. Cette famille si merveilleuse qu'il avait réussi à construire. Je me réconfortais en me disant qu'il était désormais heureux là-haut, apaisé. Son combat était fini. Il était enfin libre.

Il ne restait plus qu'à trouver le chemin de la consolation et à rester unis dans la douleur.

Le jour de ses obsèques, le temps s'était adouci, avec un ciel bleu, encore chaleureux malgré l'hiver. Il y avait beaucoup de monde à l'église; cela faisait chaud au cœur de voir à quel point papa était apprécié dans la communauté. Maman paraissait avoir rétréci. La douleur et le chagrin lui courbaient le dos. La tête baissée, elle cachait d'énormes larmes qui ruisselaient sur son visage, plus pâle que d'habitude. Elle venait de perdre l'amour de sa vie, son pilier. Elle se sentait perdue sans lui. Ils ne s'étaient jamais quittés depuis leur première rencontre et ces derniers mois passés à le soutenir avaient renforcé leur lien déjà si fort. Ce matin-là, elle s'était levée sans envie de continuer sans lui, persuadée que le poids de son chagrin était trop lourd à porter. Mes frères la soutenaient de leurs bras robustes, habitués au travail ardu. Et moi, livrée à mon âme en peine, le cœur fissuré, le regard vide, je guettais le moindre signe de sa part, comme s'il allait réapparaître par magie. Je me sentais si seule, même entourée de toutes ces personnes aimantes ; seule avec mes pensées noires, seule face à son absence, avec pour seule compagnie des souvenirs qui font mal, mais qui me rappelaient combien j'aimais mon père.

Nos cœurs étaient si lourds de peine que tout paraissait sombre autour de nous. La douleur était intense, immense. Elle nous rongeait en silence. Notre père nous manquait terriblement. Il fallait accepter son absence définitive. Les jours suivant, la pluie et un brouillard épais remplacèrent le soleil, comme si nos larmes s'étaient mêlées au temps. Il ne restait plus qu'à trouver la force de continuer, d'imaginer un après sans lui, de tourner une page sans l'oublier, et surtout de soutenir maman dans cette douloureuse épreuve. Le temps adoucirait sûrement notre peine, mais pour l'heure, c'était un déchirement affectif qui laisserait des cicatrices profondes et invisibles.

Et puis me revinrent à l'esprit les derniers mots que papa m'avait chuchotés quelques jours avant sa mort.

Ne fais pas de ma mort un prétexte pour tout arrêter. Ta vie ne se suspend pas parce que la mienne s'achève. Tu es une fille extraordinaire. Ne gâche pas ton destin. Je t'aime. Rassemble ton courage. Ne baisse pas les bras. Lutte pour faire briller ta vie. La vie est un défi. J'en sais quelque chose.

Il fallait me relever, reprendre goût à la vie, retrouver une paix intérieure et avancer dans ce futur qui restait à écrire. Je lui devais.

Un papa, c'est beaucoup de choses. Un papa, c'est un phare qui guide nos premiers pas. Il nous montre les sommets à atteindre et apaise nos peurs d'enfant. Il résout bien des problèmes, raconte des histoires et partage bien des rêves. C'est lui qui répare les objets que nous brisons. Quand nous sommes tristes, il l'est aussi. Mais il sait rire de nos bêtises. C'est une source inépuisable de sagesse, un ami pour toute la vie.

C'est pourquoi nous l'admirons tant et l'aimons énormément !

Jusqu'alors, j'avais dansé avec la vie. Maintenant, je bataillais avec elle. Mais une chose était sûre, je ne perdrai pas ce combat. Il fallait juste que je trouve le chemin de l'apaisement, voire de la guérison.

Mais comment vivre ce deuil de la plus belle des façons ?

L'idée de donner des cours de danse m'était apparue comme une évidence. Et ces cours, je voulais les proposer au sein de l'école, cette même école où tout avait commencé il y avait bien longtemps. Madame Garnier, toujours en poste, et proche de la retraite, portait encore en elle cette foi d'enseigner. Elle fut ravie de mon engagement, et moi fière de m'investir dans ce nouveau projet. Je sentais les changements se mettre en place, et une force inconnue me portait, comme si mon père en était à l'origine et me soufflait : «Vas-y, fonce, ma fille !»

Certaines décisions s'imposent à nous avec émotion, et celle de rester vivre à Vallon était finalement un retour aux sources, nécessaire à ma reconstruction. Au fond, rien n'était plus précieux que vivre l'instant présent.

Je voulais donner à mon tour ce que j'avais reçu autrefois. J'insufflais un renouveau dans ma vie. Le mot partage sonnait et résonnait en moi comme une évidence, comme une nécessité. Rester ici, c'était simplement retrouver la petite fille de quatorze ans qui sommeillait en moi.

La boucle était bouclée.

«Le renouveau a toujours été d'abord un retour aux sources.»

Edgar Morin

3. Jamais l'une sans l'autre.

Le moment était venu de se demander si l'on était capables de gérer nos vie l'une sans l'autre, inséparables depuis notre première rencontre. Les aléas de nos incontournables destins faisaient que nous pouvions désormais suivre différents chemins individuellement. Mais peu importaient ces chemins, notre amitié restait précieuse et sincère.

Depuis quelques mois, j'avais laissé Joséphine mener sa carrière de danseuse étoile, tandis que je profitais enfin d'une liberté artistique au cabaret. Les débuts de Jo sans moi avaient été compliqués. Depuis nos quatorze ans, nous partagions tout et l'équilibre que nous avions construit ensemble durant ces nombreuses années s'effondrait ; il lui fallait faire face seule. Ce n'était ni de la faiblesse ni de la nostalgie de sa part, mais seulement la nécessité de consolider ses fondations, de devenir elle-même, sans l'ombre de ma présence. Petit à petit, elle avait réinventé ses repères, retrouvé de bonnes sensations et envisagé des projets personnels. Elle était promise à un très bel avenir à l'Opéra de Paris. Ses prestations étaient d'une excellence reconnue. Elle avait sa place parmi les meilleures, et tout le mérite lui en revenait.

Quand Jo apprit la maladie de mon père, quelque chose se brisa. Elle n'arrivait pas à concevoir que je puisse être si triste et malheureuse. Elle était déçue et inconsolable de ne pas pouvoir me soutenir physiquement à ce moment-là. Elle était en pleine répétition d'un nouveau ballet, et sa présence y était indispensable. C'est peut-être à cause de cet état d'esprit ébranlé que, lors d'une répétition de son solo de Roméo et Juliette, l'irréparable arriva. Une réception de saut mal contrôlée…et la voilà avec une cheville endommagée. Elle espérait encore que la blessure serait bénigne, mais la douleur laissait présager le contraire. Une immobilisation de plus de six mois n'annonçait rien de bon. Elle réalisa alors que les prochains mois de sa vie ne se passeraient pas sur scène. Du jour au lendemain, tout s'arrêtait. Ce stupide accident allait certainement la mettre hors jeu un long moment, peut-être même mettre un terme définitif à sa carrière.

Cette blessure allait-elle jouer un rôle dans la décision de raccrocher ses chaussons? Sûrement.

Qu'avait-elle envie de faire après? Elle n'en avait aucune idée.

Joséphine vivait très mal cet échec. La danse, c'était toute sa vie. Mais la vie est parfois pleine d'imprévus, et souvent cruelle. Au même moment, je traversais le moment le plus douloureux de ma vie : le deuil de mon père. J'avais du mal à penser à autre chose. Pourtant, pour Joséphine, je me devais être un soutien, être présente sans rien attendre en retour.

Ces deux événements atroces étaient peut-être liés, comme si nos deux corps avaient choisi de vivre une douleur différente mais commune. Notre amitié si forte, intacte, silencieuse, mais toujours prête à surgir, se manifesta alors de la plus belle des façons, en nous réconfortant mutuellement. Elle était encore dans ces jours déchirants, incertains, où l'on ne sait plus vraiment si l'on veut mourir ou continuer dans un avenir flou. Epuisée par les regrets, elle devait d'abord s'accorder le temps d'endurer, de digérer avec résilience cette épreuve, de retrouver la capacité d'avancer même sans savoir comment sortir de ce trou noir. Mais parfois, la réponse est une évidence, elle pouvait se reposer sur moi. Et j'avais la certitude, presque une croyance, que nous devions être là l'une pour l'autre. Nous devions nous relever, ensemble, et y croire encore. Je savais qu'elle traversait une période terrible. Je me sentais impuissante et triste, mais je m'étais donnée pour mission de lui sortir la tête de l'eau, de la guider vers un autre chemin.

Cette douleur commune allait nourrir notre courage, nous transformer et, une fois encore, nous rassembler. Sans révolte, sans crier à l'injustice, il fallait accepter, car demain serait un autre jour.

Mais quoi faire pour l'aider ?

Est-ce que ma scule présence suffirait à lui apporter le soutien dont elle avait besoin ?

Je n'avais pas de réponses, mais je savais que je devais être là, l'accompagner, l'inviter à trouver des solutions à son mal-être. Je pouvais tout comprendre, lui offrir une écoute attentive et respecter sa douleur, tout en vivant la mienne. Demain, ou plus tard, la joie reviendrait, j'en étais sûre. C'était le bon moment pour lui proposer de venir à Vallon se ressourcer. Et derrière cette proposition se cachait l'idée de lui proposer de rester avec moi pour poursuivre notre aventure ici et maintenant. Créer notre propre école de danse. Cette proposition, elle ne pouvait pas la refuser. Vivre pour son art et le transmettre, n'est-ce pas là la finalité de notre rêve commun ?

Le plus important, c'était d'être à nouveau réunies et de faire ensemble ce que nous aimions le plus, danser. Nos destins étaient liés par cette même envie, la transmission, celle qui avait fait de nous les personnes que nous sommes devenues aujourd'hui.

Des véritables amies pour la vie, car certains sentiments ne s'effacent jamais.

4. Un eternel Amour.

Après toutes ces épreuves, il fallait sûrement se laisser le temps de retrouver notre essence, de redevenir nous-mêmes, de se reconnecter à la vie, d'aérer notre esprit, d'oublier nos soucis, ou du moins de les mettre de côté un temps. Prendre soin de nous, ressentir simplement l'envie d'être de nouveau bien, et finalement prendre le temps pour mener à bien notre projet. La douleur était un passage obligé, mais nous savions qu'elle finirait par passer. Nous laisser aller, tout doucement, jusqu'à ce que le soleil réapparaisse dans nos vies.

Ce projet d'école de danse apportait un nouvel éclairage, une nouvelle destinée sur nos vies. Nous allions nous recentrer sur l'essentiel. C'était un vrai tourbillon dans nos esprits. Nous recommencions à avancer, pas à pas. Nous rassemblions les morceaux éparpillés sur le chemin et tentions d'assembler le tout pour en faire un objectif professionnel viable et pérenne. Tout s'orchestrait à vitesse grand V. L'annonce de l'ouverture d'une école de danse à Vallon s'était répandue comme une traînée de poudre. Les demandes d'inscription pleuvaient par dizaines. Notre école suscitait l'admiration dans tout le canton, du fait que les professeurs fussent d'anciennes danseuses. Des travaux d'agrandissements de l'école étaient en cours, notamment pour accueillir l'augmentation d'enfants scolarisés, hausse des effectifs qui s'expliquait par l'engouement des jeunes parents de venir vivre à la campagne, ainsi que permettre l'aménagement de pièces destinées à accueillir notre future école.

Tout s'enchaînait parfaitement et, avec Jo, nous reprenions goût à la vie.

À 34 ans, il m'arrivait de penser que la vie était comme un ruban de tissu que l'on déroule, et que chacun des chapitres gravés précédemment représentait un croisement, un virage inattendu, plein de surprises et de sérendipité. Mais sur ce ruban, il manquait une chose importante : l'amour d'un homme, cet amour éternel après lequel je courais depuis toujours, inconsciemment. Mon père, dans ses derniers moments de vie, m'avait expliqué que laisser entrer quelqu'un dans sa vie n'était pas une faiblesse, bien au contraire. Il m'avait confié que sa rencontre avec ma mère avait bouleversé la sienne, et qu'il fallait admettre que trouver la personne qui te bouleverse est un sentiment magique. Il me souhaitait de vivre la même chose.

La rentrée approchait, il ne restait que quelques jours pour tout finaliser. Jo s'était lancée corps et âme dans ce projet ; son esprit était si occupé qu'il ne laissait que peu de place aux états d'âme. L'impasse dans laquelle sa carrière s'était trouvée estompait peu à peu, et tant mieux. Mon père me manquait terriblement, mais être ici, à Vallon, me donnait une énergie insoupçonnable, une énergie qui m'aurait permis de déplacer des montagnes. Je laissais à Jo les questions de paperasse administrative, et, de mon côté, je m'occupais de l'aménagement du local et des contacts avec la mairie. Tout se passait comme sur des roulettes, nous avions trouvé un équilibre parfait, et notre avenir professionnel paraissait prometteur et serein.

Lors de la remise des clés du local, je fis par hasard la connaissance de Mr Marc Hourblin, le nouvel instituteur. Il arrivait tout juste de Marseille, où il avait enseigné une dizaine d'années. Il avait cet accent chantant, coupé au couteau, et cette allure sophistiquée du gars de la ville. Très vite, je lui trouvai un charme fou, une élégance hors du commun. Je découvrais cette sensation nouvelle, une émotion grandissante, presque dérangeante pour une rencontre si impromptue.

La rentrée passée, les mois suivants se déroulèrent dans une ambiance «bon enfant». Tout fonctionnait à merveille, l'école de danse marchait du feu de Dieu, et notre cohabitation avec le corps enseignant était des plus collégiales. Mme Garnier conservait toujours ce côté protecteur qui ne l'avait jamais quittée, et Marc était d'une agréable gentillesse, toujours prêt à rendre service. À ses côtés, je me sentais pousser des ailes, avec l'impression que tout allait me réussir, un lâcher-prise total, comme si avec lui tout était simple et léger. Je me sentais transcendée.

On perd des gens proches, on en rencontre d'autres. On se réveille un matin, le cœur léger, et l'on se rend compte que la personne à qui l'on pense illumine vos jours, et vous réalisez que vous êtes en train de tomber amoureuse.

À chaque rencontre avec Marc, j'avais ces papillons dans le ventre, et c'était très agréable. Je me rendais compte que sa seule présence me faisait un bien fou et qu'il commençait à prendre une place importante dans mon esprit. Je n'avais qu'une envie, passer des heures à discuter de tout et de rien avec lui, ou simplement profiter de sa présence, sans un mot. Je réalisais que tout arrive en son temps, ni après ni avant, et que Marc entrait dans ma vie au moment où j'en avais le plus besoin.

Mais avait-il les mêmes sentiments ?

Marc était de ces hommes très doux, modernes, féministes, qui n'avaient pas leur langue dans leur poche. À son contact, tout était sujet à discussion. Il aimait se détendre au son de la musique, il aimait les livres, il aimait la vie, sous toutes ces coutures. Et pourtant, je sentais chez lui une cassure, une fêlure, une fragilité, une faiblesse cachée, une vulnérabilité qui créait une barrière invisible entre nous et dont j'ignorais l'origine. Mais il m'attirait indéniablement. Malgré sa façon désinvolte de prendre les choses, je décelais chez lui une peur, comme un mécanisme de survie, la peur de tomber amoureux, de s'engager dans une histoire d'amour, sans doute par crainte d'en souffrir ou d'aimer trop fort. Je n'avais pas de réponse, mais je voyais bien que ce bouclier lui interdisait de vivre pleinement notre relation naissante.

Cachait-il un lourd secret ?

Lorsque je lui posais des questions sur sa vie à Marseille, il se fermait comme une huître et battait en retraite. Ce malaise avait, bien sûr, un impact sur notre relation. C'était pour cela que je devais percer le secret de Marc, sans le décevoir ni l'agresser. Notre relation s'intensifiait. Ni lui ni moi ne pouvions aller contre, comme un amour qui grandit sans qu'on s'en rendre compte. J'avais l'impression que le vide laissé par la disparition de mon père s'allégeait avec Marc. J'éprouvais une dépendance physique et ressentais presque une addiction s'installer. Il était grand temps de se livrer, de se découvrir plus intimement, de se délivrer de nos passés d'écorchés, et d'aller vers cette confiance suprême qui consiste à ne rien se cacher pour construire une relation de couple inébranlable, fondée sur l'honnêteté. Je me sentais en sécurité, blottie dans ses bras, et j'aurais voulu faire de lui l'homme le plus heureux, pour toujours.

Ici ma vie, tout le monde la connaissait, mais celle de Marc restait un vrai mystère. Il avait toujours vécu à Marseille. Ses parents, eux aussi instituteurs, n'avaient jamais ressenti le besoin de quitter la cité phocéenne. Marc avait connu une petite enfance paisible, puis une adolescence un peu tumultueuse, mais lorsque fut le moment de se reprendre en main pour faire des études, il s'était soudainement assagi. C'est tout naturellement qu'il s'était tourné vers la voie de l'enseignement, pour le plus grand bonheur de ses parents, qui voyaient en leur fils unique une relève assurée. C'est pendant ses années Fac qu'il rencontra Alice, un véritable coup de foudre au premier regard. Sa vie d'adulte commençait sous les meilleurs auspices, un mariage, un projet d'enfant, tout semblait merveilleux, mais la suite allait être toute autre, bien moins féérique. Aujourd'hui, il avait 35 ans et traînait un lourd passé, un grave accident de voiture, qui marqua sa descente dans les abysses.

Dix ans plus tôt, un soir de pluie, un virage mal anticipé et une chute dans un ravin mirent un terme définitif à ce qu'ils avaient construit.

Il se réveilla du coma, deux mois plus tard, dans un état confus, avec des souvenirs fragmentés, et son univers s'était brisé. Il entama une longue traversée du désert lorsqu'il réalisa la mort d'Alice. Il devait apprendre à faire le deuil de sa culpabilité et réapprendre à s'aimer pour se relever, trouver le moyen d'exprimer sa peine et sa douleur, à sa manière. Bien sûr, il était entouré de l'amour de ses parents, mais ce chemin-là, il fallait qu'il le fasse seul pour trouver une forme d'apaisement, si tant est que ce soit possible un jour. Ce deuil l'avait mis à mal, il avait des difficultés à dormir, des problèmes de concentration, une perte d'appétit et un état d'anxiété extrême…il se sentait faible. Pourtant, il fallait croire en l'avenir, espérer que les années joueraient en sa faveur, ne pas oublier, mais vivre avec.

Lorsque le temps s'en mêle, les blessures finissent par cicatriser et la douleur s'adoucit. Mais pour Marc, le temps restait pour l'instant une plaie béante. Il avait tellement souffert, mais personne ne le savait vraiment, à part lui, parce que sa douleur, il l'avait portée seul. Sa seule lueur d'espoir avait été de quitter Marseille, de s'éloigner de cette ville maudite, pour remettre de l'ordre dans sa vie. Il avait fallu dix ans, dix longues années pour tendre vers l'acceptation de la perte d'Alice. Marc était passé par toutes les phases d'émotions, le déni, la colère, la dépression, la résignation et enfin la reconstruction. Son arrivée à Vallon-Pont-d'Arc avait été une bouffée d'oxygène. Ici, dans ce lieu si calme, loin des bruits néfastes de la grande ville, il allait enfin pouvoir donner une autre dimension à sa vie. Et j'allais en faire partie.

Cette année avait été d'une intensité hallucinante. Nos vies avaient retrouvé un semblant de bonheur. Avec Marc, on profitait de chaque heure, chaque jour, comme si c'était le dernier. Ensemble, on se sentait invincibles. Nos sentiments grandissants faisaient de notre couple une relation unique, un amour incommensurable. Maintenant, on pouvait parler de «nous».

J'avais eu pour lui ce coup de foudre qui n'arrive qu'une seule fois dans une vie. Il était mon antidote au malheur. Lorsque je l'ai croisé, je ne m'attendais pas à l'aimer autant. Et pourtant, c'était bien ce qui s'était produit. Et de mon côté, j'allais faire l'inimaginable, pour rendre sa vie plus heureuse. Tout simplement, je l'aimais d'un amour éternel. Comme lorsqu'on lit une histoire, dont on connaît déjà la fin, je n'avais aucune envie de changer quoique ce soit dans notre relation. Je voulais juste profiter du moment présent et écrire notre avenir ensemble. J'avais imaginé cet amour dans mes rêves les plus profonds, mais avec cette hauteur d'intensité, j'en étais quelque peu déboussolée. J'avais réalisé combien il était possible d'aimer, et que tout ce qui s'était passé avant faisait partie de l'ébauche de mon bonheur. Être avec l'homme que j'aimais plus que tout, en était la finalité. J'avais appris dans la douleur à écouter mes besoins et à ne plus mettre de limites à mes envies.

Papa, tu avais raison, la vie est faite de belles surprises. Regarde le chemin que j'ai parcouru. De là-haut, tu dois être fier de moi. Ton amour et ta sagesse m'ont guidée. Repose en paix maintenant.

5. Bis Repetita.

Quinze ans s'étaient écoulés… comme le temps passe vite, trop vite. Il nous file entre les doigts. Avec Marc, on était toujours aussi amoureux l'un de l'autre. Depuis notre premier regard, la vie était devenue douce et agréable. Étonnamment, l'amour avait été notre remède, notre antalgique aux blessures qui nous habitaient. Nous avions traversé les années sans flancher, toujours portés par la passion et le désir, comme un conte de fée moderne.

La naissance de notre fille, Juliana, était venue sceller notre bonheur familial. Quinze ans déjà. Il me semble que hier encore je la tenais tendrement dans mes bras, et que chaque jour qui passait je ne me lassais pas de l'admirer, endormie dans son berceau. Être maman était la plus belle chose que j'avais à vivre. Et maintenant, j'ouvrais les yeux et mon bébé était devenue une adolescente joviale.

J'avais aimé chaque étape de son évolution. Je l'avais vu se transformer en une magnifique jeune fille, agréable, souriante, attachante, avec cette même autonomie qui me caractérisait au même âge. Comme un boomerang, je prenais de plein fouet son émancipation, et je superposais nos deux existences.

À douze mois déjà, elle esquissait quelques pas de danse, comme si danser était pour elle plus naturel que marcher. À deux ans, elle enfilait ses premiers chaussons, et au fil des années elle passait davantage de temps dans mon école de danse qu'à jouer à l'extérieur avec ses petits camarades de classe.

Au plus profond de moi, j'aurai aimé qu'elle ait une vie bien plus ordinaire, mais je sentais que la danse prenait une place immense dans son quotidien, et que, peu à peu, elle devenait une raison de vivre pour elle, pas seulement une passion. J'acquiesçais avec fierté, car cela ravivait tant de souvenir en moi. Indéniablement, je me reconnaissais en elle, et je sentais que son envol était très proche.

Aujourd'hui, tu as quinze ans et je n'ai rien vu passer, ma princesse. Tu as rempli ma vie de tant de joie de vivre, de bonheur, de sérénité depuis ta naissance. Tu as été notre soupape avec ton père, et nous te sommes reconnaissants pour tout ce que tu nous as apporté. Merci d'exister et merci pour ce que tu es devenue.

L'aimer, c'était lui tendre la main pour avancer dans l'existence. Mais le jour était arrivé de la lui lâcher pour lui permettre de voguer vers son propre avenir. Elle ira loin, je le sais, là où son cœur et son envie l'amèneront. Mais j'avais peine à la laisser partir, et pourtant il le fallait bien.

Dans mes souvenirs, je me rappelais de mes parents, dans la même situation, qui avaient laissé s'envoler leur petit oiseau.

Couper le cordon…quel exercice difficile pour une maman. Être capable de la laisser prendre son indépendance, tout simplement la laisser partir, vivre sa vie sans nous.

Bis repetita, je revivais la scène, sauf que cette fois-ci, ce n'était pas moi le personnage principal. Juliana connaissait mon parcours ; je lui avais à maintes reprises raconté, dans les moindres détails, mon histoire. Elle savait à quoi s'attendre et connaissaient les sacrifices que cela impliquaient. Juliana cultivait son rêve depuis de nombreuses années, et maintenant elle avait l'opportunité de le réaliser. Concrètement, nous, ses parents, nous devions l'accompagner, même si c'était au prix de son départ du nid familial. La vie m'avait appris qu'il faut se battre pour être heureux, que le bonheur se construit parfois en faisait de la peine autour de soi, que rien n'est acquis, et qu'il faut toujours raviver la flamme à chaque étape de sa vie. Même dans la plus dévastatrice des tempêtes, on peut trouver un sens à sa vie.

Je prenais conscience que la vie ne serait plus la même après son départ. Je m'étais si profondément identifiée à mon rôle de mère, que cette déchirure allait être d'autant plus douloureuse. J'étais tellement attachée à la vie familiale que nous avions construite avec Marc que l'épreuve de ce départ marquerait une nouvelle étape difficile dans ma vie. Les années m'avaient appris que parfois, on te brise, on te répare, on apprend, on aime, et on laisse partir. La vie était bien trop courte pour se perdre dans les méandres de la résipiscence, vivre en faisant ce qu'on aime, avec qui on aime, dans un endroit qu'on aime. Telle était ma philosophie. Maintenant, laisser partir mon enfant était une étape parmi tant d'autres, et je comprenais à cet instant précis qu'on ne peut donner à son enfant que deux choses.

Des racines et des ailes...........

«Quitter le nid, c'est commencer à vivre pleinement notre vie. À devenir ce que nous sommes vraiment. À faire confiance à la vie, un jour à la fois. C'est aussi apprendre à se connaître….et à s'aimer, dans ce que nous découvrons de nous, dans ce que nous sommes devenus!»

Diane Gagnon.

EPILOGUE

La vie nous assaille de coups durs. Peu importe, il faut faire les bons choix, être au bon endroit, au bon moment. Elle peut être incroyablement belle, si l'on sait se servir des armes qu'elle nous offre.

Je ne remercierai jamais assez les personnes qui m'ont tendu la main, qui ont fait de moi ce que je suis devenue. Chacune des personnes passées dans ma vie a été unique et indispensable. Elles ont laissé un peu d'elles-mêmes en moi, et j'en ai fait une force.

Mon rêve est devenu une aventure unique, inoubliable, mémorable. J'ai trouvé, dans chaque situation, une force pour aller plus loin, plus haut. J'ai appris que la vie est une succession de battements de cœur, de rencontres magiques, de peines et de joies, qui marquent à jamais, que les départs douloureux forgent le caractère, et qu'il faut apprécier à sa juste valeur ces dons de la vie. Ne laisser personne décider à sa place, être l'artisan de son bonheur dès l'aube de sa vie : voilà ce que j'avais décidé.

J'ai choisi de vivre sans aucune retenue et de savourer la vie que je m'étais offerte. Et puis un jour, au sommet, on se réveille, on fait le bilan de sa vie et on réalise qu'on est devenu aveugle et sourd à tout ce qui nous entoure. La passion laisse alors peu de place à la vie quotidienne, et il ne faut jamais oublier d'où l'on vient et quelles sont nos origines.

Mais je ne regrette rien. J'ai eu le sentiment d'être à ma place dans cette vie et d'avoir fait le maximum pour atteindre les étoiles. J'ai vécu la vie que je m'étais imaginée il y a bien longtemps. Cette raison, ce «pourquoi» qui m'a guidée et poussée à agir. Les moteurs que sont l'amour, la passion, les doutes, la révolte, la tristesse ont fait de moi une femme émancipée, libre, équilibrée et surtout aimée.

Aujourd'hui, pour conclure, je peux le dire, je suis une femme heureuse.

«Il faut faire de la vie un rêve, et faire d'un rêve
une réalité.»

Pierre Curie

Remerciements

Merci à mon cœur, mon amour, il se reconnaîtra, sans qui rien n'aurait été possible. Sa patience, son amour inconditionnel, sa douceur, sa force discrète et surtout son appui technique…Si nécessaire, je t'aime si fort.

Merci à cette famille recomposée si précieuse, qui est ma fierté. Apprendre à vivre ensemble, à accepter les différences de chacun est un combat familial de tous les jours. Sébastien, Camille, Marion, Jeanne, Juliette,: ne changez rien.

Je vous aime avec vos imperfections et surtout vos nombreuses qualités.

Merci à ma fracture de la malléole, qui m'a clouée trois mois à la maison. Ce temps fut si précieux pour ma créativité. La solitude a parfois du bon.

Merci à ma famille si singulière, qui a été ma source d'inspiration. On ne renie pas ses origines.

Merci à mes parents, de supporter mon si mauvais caractère. Je ne suis pas parfaite, mais je suis moi.

Merci à mes futurs lecteurs, qui, j'espère, seront captivés par ce récit. Cette perspective m'a donnée la légèreté d'écrire et une joie communicative.

Merci à toutes les personnes qui m'ont fait confiance, qui ont cru au potentiel de ce livre et qui m'ont permis de réaliser mon rêve d'être lue.

Merci à toutes les personnes qui, de prés ou de loin, ont inspiré ces personnages.

Merci à Lili, mon héroïne, qui par sa volonté prouve encore une fois que les femmes ont un certain pouvoir dans cette société et dans le monde.

Merci au passé, au présent, au futur, sans quoi aucune histoire n'aurait de sens.

Merci au hasard de la vie.

Merci aux rêves les plus endormis de se réaliser un jour.

Merci à la vie, tout simplement.